Thierry Rey

Sept vies

W0311883

Stock

Ouvrage publié sous la direction de Benoît Heimermann

Couverture Stéphanie Régerat
Photo © Philippe Millereau

ISBN 978-2-234-08200-7

© Éditions Stock, 2018

À l'avant et à l'après, Pierrette,
Henri et Martin

« Le sport consiste à déléguer au corps quelques-unes
des vertus les plus fortes de l'âme. »

Jean Giraudoux

« Le champion est un être doué que l'on va
fatiguer intensément, de façon à obtenir
un rendement maximal de la mécanique humaine. »

Paul Yonnet

Prologue

Quelle étrangeté que de se décider à écrire sa biographie. Quelle drôle d'idée que de vouloir se répandre ou expliquer « sa vie, son œuvre ». Franchement je n'y avais jamais songé. Ou si peu. J'avais bien jeté, il y a longtemps, quelques lignes sur mes hasardeux débuts en judo, mais très vite j'avais mis cette prose au rancart sans plus y retoucher. Je n'ai jamais été féru des histoires de champions qui reviennent décortiquer leurs exploits. Ça sent le réchauffé et les images du « live » devraient pouvoir nous suffire. Le sport trouve sa force dans l'immédiat. Aussi, il faut être bien inconscient pour se croire « intéressant » à ce point. Et fier ou présomptueux pour se lancer à étaler tant de mots, de phrases, de pages. Laissons cet exercice aux grands hommes qui ont changé le monde, ou à celles qui l'ont fait ou sauvé.

Et puis, pour moi, soudain un grand choc, violent, fracassant. Il a tout suspendu, il a tout figé. Ne plus penser à l'avenir. Ne plus rêver. Se concentrer sur le présent. Accepter et subir. Et être fort quand tout peut s'arrêter.

Au sortir de cette épreuve, mon passé est devenu un pays inaccessible. Comme une césure, un ailleurs. Un ailleurs qui toujours m'appartient et que je regarde au loin, à la jumelle. J'ai alors choisi de reprendre ce chemin parcouru. D'en constater les méandres et les chances, les coups du destin ou du sort. En me retournant, j'en ai mesuré l'originalité, tant rien ne me prédestinait à investir ces mondes successifs – sportif, médiatique, artistique, politique. Et maintenant olympique.

Pourquoi tant de sauts, tant de rebonds ? Pour ne pas sombrer dans la répétition ou l'ennui. Pour aller chercher ce qui forme et ce qui étonne. Et me confronter sans cesse, plutôt avec moi-même qu'avec « les autres ». Pour croquer la pomme, et simplement avoir le sentiment d'avancer. De s'animer et de vivre, chaque matin. Une fois, deux fois. Sept fois ?

Une dernière grande étape professionnelle s'engage avec l'organisation des Jeux olympiques et paralympiques en France et à Paris. Il faudra, pour réussir, être neuf et fort de l'expérience, faire preuve d'humilité et afficher une ambition, se tenir à l'écoute et porter des convictions. Quel beau challenge.

Mais avant cette nouvelle marche, que ce fut riche et dense…

1

Sur le billard

13 novembre 2012. « Il est 5 heures, monsieur Rey. Il faut y aller. » La voix feutrée de l'infirmière me tire de mon mauvais sommeil. Impression de courte nuit. La vérité est là, brutale. Il faut y aller… Je me lève d'un bond, prends la serviette et les capsules de Bétadine. Je sors doucement de la chambre que j'occupe depuis mon admission, l'avant-veille, à l'hôpital Bicêtre, service du Pr Parker, neurochirurgien.

Un froid me saisit. J'enfile le long couloir qui mène à la douche, visage fermé, pas décidé. Je pars au combat, le plus difficile que je vais mener. Sans savoir comment il va tourner. La grande pièce où je me déshabille en silence ressemble à tout sauf à une salle de bains. Deux déambulateurs, une chaise roulante, un double évier qui goutte, un pommeau de douche fixé au mur carrelé. Je me frotte activement avec la bizarre lotion antiseptique. Me voici orange. Moins banal, je me rase méticuleusement le pubis avec un jetable, comme on me l'a indiqué la veille. Sous le jet tiède irrégulier, ma tête bourdonne. Pourtant, face à ce qui m'attend, je suis résolu. Prêt à livrer ce combat avec moi-même, prêt à m'accepter tel que j'en sortirai. Prêt même à affronter l'« autre monde ».

Mais d'abord, il va falloir « m'ouvrir » pour aller chercher la « chose » qui sommeille en moi. Elle s'est lovée entre les deux premières vertèbres cervicales, C1/C2, juste sous le cerveau. Une tumeur, pile au milieu de la moelle épinière. C'est sûr, elle est bénigne, mais assez grosse pour m'affaiblir maintenant. Il faut la déloger, avec ce que ça induit de risques. On m'a fait une tête impossible avec ce crâne rasé derrière en laissant une touffe sur le devant, pareil à une coupe improbable de footballeur.

Le jour traverse les fenêtres de l'hôpital. C'est l'heure de monter au front.

Couloirs. Portes automatiques. Lumières du bloc. Blouses, bonnets, masques, voix étouffées. Silence.

Tout a commencé deux mois plus tôt, début août 2012. J'accompagne François Hollande, nouveau président de la République, aux Jeux de Londres pour deux jours de visite à l'équipe de France olympique. Depuis mai, je suis son conseiller sport. Ma main gauche me picote. Sûrement rien de grave, une gêne passagère. Je me sens parfois ramolli. Je mets ça sur le compte du manque de sommeil et de l'agitation qui entoure la visite présidentielle.

Fin août, après le tourbillon londonien, je prends quelques jours de repos à Castellina in Chianti, petit village toscan, avec Élodie, ancienne amante devenue grande amie. Nous sommes inséparables. Je me sens fatigué, la chaleur m'oppresse et la moindre marche m'épuise. Et mon avant-bras gauche me picote de plus en plus. Survient ce moment où, tournant la tête un peu sèchement, je ressens un « crac » très net dans les cervicales. Mais, étrangement, aucune douleur. Puis ma voix se met à changer. Comme une mue, parfois aiguë, parfois grave. Ou elle se voile. Inquiet, je pressens quelque chose de sérieux. Mais quoi ?

Septembre. C'est la rentrée du cabinet du président Hollande. Joyeuse et concentrée, notre petite troupe de conseillers a envie de bien faire et de servir. Pour moi, la gêne physique est devenue persistante et à la fin du mois je me confie à Olivier Lyon-Caen, immense neurologue, à l'affection complice, mon collègue conseiller santé. Il me recommande d'aller consulter à l'adresse qu'il m'indique. Je diffère.

Début octobre, Olivier me tance gentiment, prend lui-même son téléphone et me fait convoquer chez son confrère. Après un examen neuro et avec un drôle de regard, ce dernier m'envoie, dans la foulée, passer un scanner. Le décryptage du radiologiste est implacable : « Vous avez une tache noire au milieu de la moelle épinière. »

Me voici sur le trottoir, enveloppe marron sous le bras, totalement paumé alors que la vie s'agite autour de moi. Qu'est-ce que j'ai ? Un cancer ? Une tumeur ?

C'est quoi ce truc ? Je respire à fond, souffle doucement. Pas de panique.

Je fonce à l'Élysée. Lyon-Caen m'y attend, et son verdict est sans appel : ce n'est rien, une tumeur bénigne, un épendymome, professe-t-il. Rare. Dix cas par an. J'ai gagné au loto mais à l'envers. Le vrai problème c'est que c'est hyper mal placé, précise-t-il. Ce « machin » est en train de tout envahir. Il faut opérer.

Lyon-Caen me cale, tel un empereur devant qui toutes les portes s'ouvrent, une IRM, aux aurores. Le lendemain, je traverse la Salpêtrière endormie, me perdant dans ses couloirs labyrinthiques. Claustro que je suis, je sors épuisé de l'épreuve de l'IRM. C'est du vent à côté de ce qui m'attend.

Car ce cher Olivier, que je fonce voir directement après, me glisse : « Mon Thierry, on est dans un truc de m… Je te le confirme, c'est à la fois bénin et bien compliqué à extraire. » Puis, de sa voix rocailleuse et sur un ton badin : « Il faut te préparer car il peut y avoir des séquelles, mais ça va aller. »

Il me prend rendez-vous le soir même avec celui qu'il considère être l'homme de la situation, le neurochirurgien Fabrice Parker de l'hôpital Bicêtre. Dans l'obscurité d'un vendredi soir poisseux, je rencontre ce ponte, avec ma tendre Élo, mon réconfort et mon rempart contre la peur. Au cœur de ce vaisseau hospitalier et inhospitalier, désert à cette heure, ne résonne que la cadence de nos pas. Au bout d'un couloir, une lumière : le bureau de Parker. Poignée de main ferme, regard franc, le neurochirurgien analyse méticuleusement l'IRM. Puis, d'une voix calme et didactique, il annonce :

« C'est bien un kyste bénin, pile entre vos deux premières vertèbres. Aucune autre issue que de l'enlever. Et sans attendre. Je vous propose d'opérer tout de suite.

– C'est-à-dire ? »

Il tourne déjà les pages de son agenda :

« Tout de suite, c'est le 13 novembre, ça vous va ? »

Moi, tout me va, je n'ai jamais été opéré. Mais à l'instant, je n'en ai rien à foutre de rien et je sens renaître mes valeurs guerrières. Je vais riposter et vaincre, comme je le faisais avec mes adversaires. Il faut bien que je m'accroche à quelque chose.

Mon Élo, qui a assisté à l'entrevue, et moi repartons, abasourdis, silencieux et unis pour un week-end bizarre.

La semaine suivante, je sollicite un entretien auprès du président de la République que je veux avertir de mon opération et d'éventuelles séquelles. Hollande me reçoit en tête à tête, écoute mon laïus et me dit tranquillement : « Ne t'inquiète pas, on va t'attendre et te garder la place. »

Dix jours avant mon admission, un matin, je suis pris dès le réveil d'une crise de panique, malgré les calmants. Je me vois scotché au fond d'un fauteuil roulant. J'ai chaud et ça tape dans ma cage thoracique. J'appelle direct Parker, qui a eu la bonté de me donner son numéro de portable. Il me rassure de sa voix posée : « Thierry, ne vous inquiétez pas, je sais où je vais. Et je n'irai pas trop loin. Juste ce qu'il faut pour régler votre problème et vous remettre sur vos deux jambes. Je n'ai aucun doute. Tranquillisez-vous. »

Le 11 novembre, je rentre au Kremlin-Bicêtre pour des IRM de contrôle et une intervention préopératoire délicate effectuée par un jeune chirurgien de l'équipe de Parker qui me lance : « Vous êtes conscient que vous pouvez mourir ? Eh oui, ça peut arriver ! Mais avec moi, zéro souci, ici, c'est moi le champion olympique. » J'encaisse cette sortie comme une manière originale de me remonter le moral. Moi qui n'ai jamais connu le sommeil de l'anesthésie générale ni la moindre blessure, je m'apprête à passer cinq heures trente à me faire découper l'encéphale à la scie sauteuse.

Tout s'enchaîne très vite ensuite et rien ne sera plus comme avant. Le réveil, la douche, le chariot qui me conduit au bloc. Je vois défiler le plafond des couloirs qu'on avale à fond de train. Un des infirmiers, ancien judoka, me parle doucement et me prend la main. Je la serre fort et souris. Je pars vers quoi ? Les battants du bloc s'ouvrent sur le spot lumineux, comme dans les films. Je pense furtivement aux *Choses de la vie* de Sautet, et à Piccoli qui s'enfonce dans l'eau. Parker et son orchestre sont déjà en place. L'anesthésiste me pose le masque : « Respirez bien fort et comptez jusqu'à trois. » Un, deux… noir.

J'ouvre un œil. Il fait un froid de gueux et ça crie de partout dans ce qui m'apparaît être un hall de gare miniature. Autour, un embouteillage de chariots sur lesquels gémissent d'autres patients qui sortent des blocs. « Hé, Dédé, t'as le 28 ? » « Il est où le 16 ? »

« Réveillez-vous, madame, réveillez-vous ! » Salle de réveil, ils appellent ça… ! Tu parles d'un réveil !

Mais déjà je ne pense qu'à vérifier si tout fonctionne. Faire bouger mes doigts de pied. À gauche, à droite. Ça fonctionne ! Mes mains ? La gauche puis la droite ? Ça fonctionne ! Déglutir ? J'avale sans problème ! Ouf… L'essentiel est sauvé.

Après quarante-huit heures de soins intensifs, tuyauté de partout, on me ramène dans ma chambre. Et là, je comprends que le plus dur va commencer. Car si, bizarrement, je n'ai pas mal au cou, je ne sens plus mes jambes. C'est comme si mon corps m'avait lâché. Je ne sais plus marcher.

Mon portable sonne et affiche Lyon-Caen.

« Ah, mon professeur ! lui dis-je d'une voix faible.

– Ce n'est pas ton professeur, c'est ton président. Tu nous as fait peur, tu sais ? Comment tu te sens ? Ça va aller ? Ça va aller ! Prends ton temps. »

Je ne m'attendais pas à entendre Hollande et cette surprise, de manière puérile, me fait un bien fou.

Le quatrième jour, Parker me fait asseoir sur le bord du lit, prend mes mains dans les siennes et me lève doucement. Me voici debout dans un équilibre précaire. Quatre petits pas chancelants pour aller toucher la porte. Je remarche.

Les jours suivants seront illuminés de petits bonheurs avec la visite de mes amis François Trillo et Jérôme Corcos. Mes collègues de l'Élysée, la « dir cab » en tête, me réconfortent de leurs encouragements. Même Valérie Fourneyron, la ministre des Sports, avec qui l'ambiance est parfois tendue, viendra m'embrasser. Et ma fidèle Élo est toujours là, attentive et protectrice.

Me tenir en équilibre, marcher, ces actions simples ne le sont plus. Je dois me réapproprier mon corps, tout lui réapprendre. C'est la guerre ! Chaque jour, j'avance un peu plus. La chambre puis le couloir puis cinq marches d'escalier. Enfin, l'étage supérieur. Chaque pas gagné est une victoire. Avec maman et Élo, je foule à petits pas les feuilles mortes sous le gris ardoise de novembre.

Huitième jour. On refait mon pansement. J'en profite pour demander à maman d'immortaliser ma jolie balafre de dix-huit centimètres qui part du milieu du crâne jusqu'à la base du cou. « Cette nuque rasée et cette estafilade… miam… on dirait un rôti prêt à mettre au four », me dit-elle dans un sourire.

Dixième jour. Dernière soirée, sortie prévue demain matin. L'infirmière entre pour la tension et la dose de comprimés. Avec quelques heures d'avance, elle me dit au revoir. D'un coup, sans rien contrôler, je sens les larmes monter. Je ne peux rien retenir. Je chiale. À gros sanglots. De gratitude, pour ces femmes de l'ombre. Tous ces jours, toutes ces nuits, à veiller sur les vies. J'ai été remarquablement diagnostiqué, opéré, soigné. L'hôpital public est précieux, comme les femmes et les hommes qui le composent. Mais, rééducation terminée, je me suis trouvé perdu devant la suite, devant l'après. Tout ce qui touche à la neurologie reste bien mystérieux, et les questions s'accumulent le plus souvent sans réponses probantes. On ne se remet jamais complètement d'une pareille opération. Les séquelles sont là, implacables. En permanence, ça me serre et j'ai l'insupportable sensation d'avoir enfilé une combinaison de plongée taille S alors que je fais du L. Ma jambe gauche et mon mollet droit pèsent une tonne, et j'ai des plaques collées aux lombaires et aux côtes, côté gauche. Dans les mains, des picotements, et une hypersensibilité du crâne au point que toucher mes cheveux provoque des microdécharges électriques. Comme un doigt sur une brûlure. C'est le « nerf d'Arnold ». Sacré Arnold ! Je redoute les accolades fraternelles de mes amis sportifs qui sont de grands tactiles. Mes joues furent, pendant longtemps, une zone d'ultrasensibilité et le rasage ou le vent illustraient concrètement l'expression « à fleur de peau ». Le jour où ces douleurs se sont envolées, on ne sait pourquoi, ç'a été une libération et un bonheur inouïs. Au début, j'avais pris des médicaments censés alléger tout ça. Mais j'ai vite abandonné tant les effets étaient nuls, à part me faire grossir ou débander. L'hypnose, quant à elle, m'a permis de « dompter » mes lourdeurs, puis des séances d'étiopathie m'ont apaisé de moi-même. Depuis cinq ans, je supporte douleurs diffuses et serrements qui semblent incrustés en moi à tout jamais. C'est ainsi.

À ma reprise à l'Élysée, en janvier 2013, j'avais toutes les peines à lutter contre l'endormissement. Je m'étais fait un petit panneau « Ne pas déranger » que je placardais sur ma porte, avec la protection complice de ma secrétaire Charlotte. Je m'installais ensuite dans un fauteuil crapaud, jambes étendues sur son frère jumeau, placé en face. Et je sombrais dans un profond sommeil. Au réveil, j'étais tout aussi épuisé.

Courir m'est devenu impossible et, quand passe un joggeur, je le regarde avec envie. Il ne sait pas sa chance de pouvoir filer à grandes foulées légères. Faire du vélo est la seule activité où je peux réellement m'éclater. Alors je pédale, une ou deux fois par semaine dans les chemins du bois de Boulogne.

Je considère mon corps, qui fut un bel outil de travail, comme un objet meurtri. Aujourd'hui j'ai la pénible sensation de n'être plus un, corps et esprit fusionnés. Au contraire, mon esprit juge avec distance ce substitut dans lequel j'habite dorénavant. Je suis vraiment très loin d'envies morbides, mais j'imagine les bienfaits du grand sommeil. Dormir. Paisiblement. Si cette épreuve a d'abord chamboulé ma relation à mon physique et à l'espace, elle a aussi bouleversé tout mon être dans mon rapport aux autres. En ce sens, je m'épuise à démasquer trop vite les ambitieux et les envieux, les menteurs et les creux. Je me régale d'apprécier les empathiques, les gentils, les aimants et les complices. Cette cicatrice qui me taraude a sensiblement modifié mes curseurs sur le dérisoire et l'essentiel. Sur le profond et l'écume. En même temps, je crois à la puissance du corps, à ses facultés d'adaptation, quand je constate les progrès que j'ai accomplis. Et je compte sur les avancées de la science qui inventera, d'ici 2040, la pilule magique qui m'autorisera à relâcher tout ça et à regambader allègrement. Je sais déjà que, ce jour-là, l'« hostie » salvatrice me sera délivrée au plus vite car j'ai le privilège d'avoir un ange gardien, Olivier, mon ami ponte cardiologue qui veille sur ma carcasse. Son attention est constante. Qu'il est doux et rassurant de le savoir jamais très loin.

2

Coucou, Daddy et descendance

Raconter sa famille revient à visionner un film en super-8. Les images sont un peu floues, les couleurs devenues pastel, comme dans un monde ouaté qui bouge à vitesse réduite. Plan-séquence dans la maison de Lagny, pavillon construit en 1967. Enfilade de pièces ouvertes, salle à manger sur double salon avec cheminée et piano. Des tapis réchauffent un sol quadrillé d'un damier noir et blanc. Aux murs, des tableaux d'un ami corse recouvrent le tissu uni. Plus loin, un hall d'entrée qui donne sur deux chambres. Et là, le placard de mon père où il accroche, comme un rituel, son pardessus et sa cravate en rentrant chaque soir.

Je revois son impatience agacée quand il nous lançait son grand cri : « Les lumières ! », intimation d'éteindre d'inutiles éclairages. Je revois le sourire en coin de ma mère et lis sur ses lèvres : « Henri, à taaaable ! », et la réponse qui claque : « J'arrive, Coucou. » Quelle complicité a pu décider de ce surnom improbable ?

Suite du casting avec ma sœur, mon frérot, venu plus tard, mes grands-parents chéris, mes cousins, retrouvés pour croquer la dinde à chaque Noël. Mes racines vont profond. Elles puisent leur force dans notre cocon familial. Ici s'impose une certaine idée d'être ensemble. Ouverture, échange, écoute, compréhension, ici tout est possible du moment qu'on respecte l'autre. Très tôt, j'ai eu conscience de la chance d'avoir eu des parents tolérants.

Voici donc Muriel. Mumu, ma sœurette, vingt-deux mois de moins que moi, née en avril 1961. Elle accomplit toute sa scolarité dans le public. Le portail de son école primaire collait pratiquement à la maison. Notre grand jardin, mitoyen de sa cour, vibrait aux grands cris des récréations. Mumu est devenue institutrice. Peut-on y voir un lien de cause à effet ?

Pour moi, quelque peu turbulent et rétif à l'apprentissage, on choisit du plus rigide, le privé. Idée lumineuse, pensaient mes parents, pour canaliser la bête. Bienvenue au collège Saint-Laurent, chez les frères maristes. Du CE1 à la terminale, cinq divisions, mille petits gars. Pas une fille ! Ça durera neuf ans. Cinquante-deux ans après, je frissonne encore au souvenir de ma première rentrée scolaire.

Et notre benjamin, Philippe. Onze ans plus jeune que moi, j'en avais la charge jusqu'à ce que ma mère rentre du travail. Et, à quatorze ans, garder un enfant qui n'en a que trois vous oblige et vous met à la hauteur de la tâche. Je me souviens de notre « Phiphi » dans sa piscine gonflable à boudins. De ses pleurs, de sa nuque raide, de ses vomissements. Inquiétude, appel à ma mère qui rentre dare-dare, affolée. Hôpital, examen, méningite, ponction lombaire. Aucune séquelle, mais en restera le constat qu'une mission engage celui qui l'accepte. Cette expérience de nounou déclencha chez moi un vif intérêt pour les tout-petits. J'aime les interpeller, plonger dans leur regard, faire le pitre et provoquer leurs rires. Avec eux je me rapetisse et je me grandis. Je rafraîchis ma part d'enfance, que je garde en alerte, au moindre prétexte.

Je tiens mon père, Henri, pour un être exceptionnel. Gamin chamboulé par un divorce parental, il avait fainéanté en pension avant de glandouiller en tant qu'apprenti au fond d'une droguerie. Se ressaisissant, il partit rejoindre son père au Maroc et y fit son armée. De retour à Toulouse, il s'inventa apprenti boulanger avant d'être représentant chez L'Oréal. À vingt-cinq ans, il craqua pour sa voisine, canon, une gamine de seize ans. Pierrette, consentante et assoiffée de vie, put ainsi briser le carcan de parents surprotecteurs. Henri épousa sa belle. Leurs roucoulades, exportées dans le Nord, à Tourcoing, produisirent assez vite leur effet : ma naissance. Dès lors, mon père, castor bâtisseur, n'aura de cesse d'assurer le maximum pour nourrir et protéger sa famille.

On dit que chaque famille française porte un secret. Je ne sais pas si cela est vérifié mais, le nôtre, je le découvrirai très tard : au milieu des années 1930, les parents de ma mère, Pierre et Eugénie, ont connu le pire, l'absolu malheur de perdre leurs deux filles. Âgées de six mois et cinq ans, elles ont été emportées le même jour par une diphtérie foudroyante. Six ans plus tard, ma mère vint au monde et, pour ses parents, leur foyer se transforma en un périmètre cloisonné. Dans un terrible réflexe de peur primaire, ils mirent la petite sous cloche, comme un bijou au coffre. On peut le comprendre ou, au moins, compatir. Le problème c'est que plus Pierrette grandissait, moins elle était autorisée à bouger. Pas de copines à la maison, pas de sport, pas de vélo, pas de sorties. Le moindre risque était proscrit tant rôdait le traumatisme du passé. Pierrette, qui suffoquait dans cette prison d'amour parental, attrapa, aux premiers émois, le « virus Henri ». Trois enfants et soixante années de mariage plus tard, elle n'est toujours pas guérie.

Les conditions excentriques de ma naissance en Belgique peuvent être interprétées comme le premier volet de mon itinéraire mouvant. Installés dans le Nord, mon père, commercial chez Monsavon, et ma mère, toute jeunette, attendaient l'arrivée d'un heureux événement. Ils partirent imprudemment se balader du côté des plages d'Ostende et, dans la nuit du 1er juin, Pierrette perdit les eaux. Mon premier cri résonna dans un hospice flamand tenu par des sœurs à cornette. Le lendemain, l'officier municipal de Furnes, sûrement fâché avec les francophones, oublia le « e » du prénom Thierry en rédigeant mon acte de naissance. Personne ne s'en aperçut jusqu'en 1996 à l'occasion de la déclaration de naissance de mon fils Martin. Intrigué par ce « Thirry », le préposé de la mairie du

14ᵉ fit du zèle. Le « e » manquant entraîna un cataclysme administratif. Après trente-six années de bons et loyaux services, on éradiqua mon numéro de Sécu puisque celui de « Thirry » Rey n'aurait jamais dû exister. Ma naissance belge m'obligea à solliciter le centre d'état civil de Nantes. Pendant de longues semaines, « le père du petit-fils du président de la République » – contorsion dénominative inventée par la presse – flotta sans identité. Cette lacune à mon statut officiel de Français fut comblée grâce à l'aide de Claude. Pour les non-avertis, je précise : Claude Chirac, donc. Et, soulagé, je retrouvai officiellement mon « e ».

Chez les Rey on lisait peu, et plutôt les journaux. Mais on parlait, surtout ma mère. Mon père n'a jamais été un grand bavard, mais il a toujours su écouter, gardant pour lui ses réflexions. En silence, il « épluchait » la presse sportive, forcément, et il l'a beaucoup découpée. Le moindre entrefilet publié sur moi est ainsi soigneusement répertorié et archivé. Sport, cinéma, télévision, show-business, politique. Mon parcours remplit de grands classeurs noirs. Alors que j'avais treize ans, il m'avait abasourdi en prononçant cette phrase mythique et improbable : « Un jour tu seras champion olympique. » Nous roulions à vélo le long de la Marne pour aller faire un tennis. Cette affirmation m'avait scotché et rendu fort de la confiance du padre.

Ma famille est mon refuge. Comme je suis parti jeune vers mes horizons sportifs, mes parents ont toujours laissé les lumières de la maison allumées. Celles-là, personne n'y touchait.

Au sortir de mon adolescence, mes parents m'ont laissé pousser dans une autonomie responsable. Parfois, dans leur regard, une inquiétude légitime se mêlait à l'incompréhension de mes choix. Mais, encourageants, ils taisaient leurs interrogations et leurs doutes. Nos relations se nourrissent du présent malgré le temps qui passe, les méandres des parcours et l'éloignement. Redescendus vivre depuis quinze ans dans leur Sud-Ouest toulousain, nous nous retrouvons invariablement pour des Noëls roboratifs et des jours d'été caniculaires.

Je ne vois pas assez mon frère Philippe, installé à quelques kilomètres des parents. Documentaliste à Toulouse après une thèse d'histoire à la Sorbonne sobrement intitulée « Le rôle de l'IRA pendant la guerre 39/45 », il excelle à la guitare, à moto et comme père célibataire avec ses deux filles, Marine et Noémie. Les parents peuvent s'appuyer sur lui en cas de besoin. Et l'inverse est aussi valable.

Je ne vois pas assez Muriel qui, pourtant, vit à Paris. Elle a élevé, très vite seule, sa fille Aïssa, fruit d'un court mariage avec Lamine. Sénégalais fort diplômé, la France n'a pas su l'apprécier à sa juste valeur. Il justifie à lui seul la nécessité du CV anonyme à l'embauche. Mumu penche hardiment pour les idées d'une gauche rouge vif qui teinte nos engueulades passionnées et fleuries. Pourtant, dans ces escarmouches, jamais de critiques faciles sur ma dérive « bobo », que j'assume. Juste le constat partagé que mon parcours singulier m'a éloigné, depuis longtemps, d'une forme de réalité. Je n'en suis pas fier.

Particularité de notre descendance : Aïssa est née le même jour que Martin, un 22 mars, mais un an plus tard, en 1997. Marine, la première fille de Phiphi, est née un 20 mars et Noémie, sa seconde, un 22 mars ! Marine aurait pu faire un effort ! En tout cas, chez les Rey, les fins juin sont productives…

Je reviens à mon père, affublé par mes soins du surnom de Daddy. Ou Riton, quand je me moque. Cas exemplaire de l'accomplissement d'un homme de sa génération, il rayonne de discrétion et de pudeur. Simple, disponible, travailleur infatigable, le vrai sportif, c'est lui. À quatre-vingt-six ans, il parcourt les routes pour vendre du vin et du champagne ou passe des heures à jardiner. Le plus bel exemple de cette hyperactivité ? Ce chantier qu'il entreprit, avec deux amis toulousains, consistant à creuser, à la pioche, une piscine pour notre petite maison de vacances. Il y nage en faisant des ronds plutôt que des allers-retours… Je l'ai toujours vu comme un « écureuil », un homme de saine gestion. Un cycliste aussi, en chaussures « automatiques » clipsées au pédalier de son vélo de course. Et il disparaît, vêtu de jaune fluo, tel un Stabilo, pour sa sortie hebdomadaire. Une autre activité essentielle, qui tient à la fois de son « bon plaisir » et de sa notion, parfois fatigante, du devoir : la sortie de Fanfan, le chien. C'est le rituel d'après dîner, chaque soir que Dieu fait, qu'il neige, vente ou brûle. Le petit jack russell en revient épuisé.

Ma mère, c'est la lumière d'une présence, un rire qui éclate, une énergie, une joie. Son royaume, c'est la cuisine où elle virevolte. Elle gambade et avale facilement les six mille pas par jour recommandés par Michel Cymes, des placards jusqu'au frigo en passant par le cellier, ou le jardin. Pour notre plus grand régal. Sa grisante aventure c'est de nous avoir conçus et élevés. De nous avoir fait grandir. Dix-sept ans et demi seulement nous séparent. Jamais je ne pourrais la voir comme une « dadame ». Cette faible différence d'âge en a fait une complice qui sait beaucoup de mes états d'âme. C'est vers elle que je me tourne quand je suis vaincu ou triomphant. Sa coquetterie éclate en toute saison, alors je l'emmène régulièrement faire les boutiques. Elle reste la jeune fille que mon père a « enlevée » d'un quartier toulousain pour vivre avec elle à Lille.

Le brouillard va inévitablement tomber mais je reste, à bientôt soixante ans et pour longtemps encore j'espère, un fils. Dans un après-midi épais de chaleur toulousaine, j'entends le souffle régulier de mon père, siestant sur la terrasse. Je vois ma mère dans la cuisine, en arrière-plan, qui remue consciencieusement le plat qui nous réunira ce soir. Je me dis parfois que ma dernière folie de fils serait de passer un an avec eux. Je surveillerais les plats pendant que maman, pendue au téléphone avec ses petits-enfants, organiserait la journée. Avec Daddy, on irait pédaler et je lui emprunterais des chaussures « automatiques » et une tenue fluo. Mais je lui laisserais sa messe, à laquelle il se rend régulièrement, à l'étonnement de nous tous. En échange, il me laisserait conduire sa vieille Jaguar d'occase, sur les routes du Couserans, terre de l'Ariège, notre Toscane à nous. Et lui sera pour une fois à la droite du fils. Amen.

Et mon fils Martin ? C'est très simple, je n'en parlerai pas. Ou peu et pour affirmer que j'ai toujours été rétif à l'exposition médiatique des enfants à quelque fin que ce soit. D'ailleurs, après une péripétie regrettable, la question fut réglée entre gens responsables. Aujourd'hui, il est majeur et je veux juste dire que c'est un bel être qui gagne à être connu. De manière plus générale, en ce qui concerne les enfants, il faut essayer d'être à la hauteur, sans notice et avec deux, trois certitudes même pas avérées. Qui a la recette ? Petits, on leur tient la main et on les fait pousser du mieux que l'on peut. Ados, on gère pour qu'ils se révèlent à eux-mêmes. Plus grands, ils ont leur route à tracer, alors laissons-les tranquilles et soyons là quand ils en ont besoin. On aimerait donner plus, comprendre plus, échanger plus. Ce dont ils doivent être sûrs, pour être forts et libres, c'est que l'écuelle de l'amour déborde et qu'ils pourront venir y picorer quand bon leur semblera.

3

Le chétif apprenti combattant

« Turbulent »... C'est comme cela que, en 1969, on qualifie un enfant qui ne tient pas en place. Aujourd'hui, on dit « hyperactif », ça sonne mieux... L'homme qui use de ce mot, « turbulent », pour me définir, c'est notre médecin de famille, le Dr Lévy. Je veux souligner tout ce que je lui dois. Car c'est un sacré médicament qu'il prescrit pour mon cas, en indiquant à ma mère : « Mettez-le donc au judo. Ça canalisera son énergie. » On ne proteste pas quand on a neuf ans, qu'on pèse 28 kilos, et qu'on vous ordonne un tel traitement.

Jeudi 3 avril 1969. J'ai gardé un souvenir indélébile de ma première séance dans ce dojo de Lagny-sur-Marne. Celui de flotter dans un pyjama blanc écru qui gratte affreusement et sent trop fort le neuf. Début de la leçon, le salut du tatami. Puis l'apprentissage de la chute, douloureux. Quel crime ai-je pu commettre pour qu'on me coince dans cet horrible piège. Le retour au vestiaire dans des effluves pour le moins « salés » tourne à l'humiliation. Grelottant de froid en slip kangourou, je décrypte le regard narquois des plus « grands » au spectacle de mon corps chétif. Maintenant inscrit sur préconisation du médecin de famille, licence émise en bonne et due forme, on n'entendait pas me voir abandonner de sitôt. Halte aux jérémiades ! Au deuxième cours, mon kimono lavé, rétréci, sent déjà moins le neuf et me gratte moins. Les mères assistent aux cours, papotant doucement. Sauf la mienne qui travaille.

On me décrit comme un enfant gentil mais assez indocile. Ça apparaît comme unanime. L'école ? On ne peut pas dire que je suis mauvais élève mais je m'y ennuie fermement. Mon père, qui en connaissait un rayon en glandouille adolescente, prône son slogan préféré : « Il faut s'intéresser ! » Il réussit juste à nous braquer, ma sœur et moi. Mais « s'intéresser » à quoi ? Au piano, décrète-t-il en faisant l'acquisition d'un joli quart-de-queue, un Gaveau. Mais encore faut-il répéter ses gammes, s'astreindre à une discipline de fer. « On n'y coupe pas, si on veut progresser », clame mon père. Ma sœur s'y colle avec assiduité. Avec moi, au bout de quatre cours, la prof de musique juge inutile d'insister. Cela dit, un quart-de-queue dans un salon ça vous posait une maison. Et puisqu'il faut tout « essayer », je tâte tour à tour du cross, du basket, du football et du tennis. Mais le judo m'accroche. Et mes parents sont heureux de nous voir, ma sœur et moi, au chaud dans un endroit clos et encadré.

Le judo, pour le Zébulon que je suis alors, tient un rôle de formation disciplinaire. Mais sans en avoir les défauts. Ici pas de brutalité, ni dans les gestes, ni dans les propos. Seul compte l'engagement inhérent à l'apprentissage de ce sport de combat japonais. Une école qui applique les codes ancestraux, issus de l'âge des samouraïs. Politesse, écoute, pratique, langue, dont on balbutie un lexique abscons sous les portraits du maître Kano, le créateur. Je suis, sans en avoir conscience, une éducation parascolaire. À quoi tient l'envie de continuer ? Aux premières félicitations adressées à mes parents à la sortie du dojo ? À mon attention et mon implication, qui contredisent les annotations sèches assenées en bas des bulletins scolaires : « Ne travaille pas assez » ou « Pourrait mieux faire »... À cette époque, dans mon collège chez les maristes, l'ennui rivalise avec la sévérité. À neuf ans, le bruit de mai 68 m'avait interpellé. Pourtant il semble ne pas atteindre l'enseignement catholique. Les frères, en aube, basent leur pédagogie sur une autorité basique. La seule chose que nous ayons en commun, c'est la ceinture. La leur, large façon centurion romain, tient leur robe. La mienne, de couleur, en coton, maintient serrés les pans de mon judogi. De cette fréquentation date mon rejet de toute pratique ou théorie religieuses.

Pour corser l'histoire, il faut préciser que je suis gaucher et qu'on écrit encore à la plume ! Encrier placé en haut, à droite de la table, je « ruine » mes copies d'une encre trop baveuse. Mon instit « civil » de CE2 pense sûrement pouvoir me faire progresser quand il me frappe le crâne à coups de pointe de stylo Bic jaune. C'est méchant et con, et l'instit de CE1 refusait de me laisser aller aux toilettes jusqu'à ce que, n'y tenant plus, je me vide dans le pantalon. À sept et huit ans, ces mesquineries sont autant de petits traumatismes. Ce pensum durera neuf ans, du CE1 à la 3e avec, pour alourdir le tout, un redoublement de ma 5e.

Si je suis gaucher, je deviens droitier au judo. Dans les cours de mon prof, droitier, j'apprends naturellement ce *kumi-kata*, cette manière de poser les mains sur le kimono. Pourtant, il y a des gauchers en judo. Suis-je devenu ambidextre ? Absolument pas. Mais j'ai une garde à droite pour le combat et la main gauche pour tout le reste.

J'écrirai tout au long de ma vie sportive. Je serai, en quelque sorte, un scribe combattant. Très tôt, je noterai tout : détails techniques sur mes adversaires, comptes rendus des compétitions. Ou si les cerisiers étaient en fleur à Tokyo en 1978. Ou s'il neigeait à Moscou en 1979, ou s'il pleuvait à Tbilissi en 1981. Dans mes petits carnets, à la façon d'un écrivain voyageur, les faits, page de gauche, les impressions, page de droite. J'ai retrouvé ces notes griffonnées de mes stages au Japon, à Tokaï ou à Tenri. Celles de notre traversée à pied de check-point Charlie, passage obligé du mur de Berlin. Un monde englouti.

Pour l'heure, la grande préoccupation du jeune judoka que je suis, c'est mon passage au grade supérieur. La couleur de la ceinture s'assombrit quand on monte dans la hiérarchie. Blanche puis jaune, orange, verte, bleue, marron et noire. La remise du nouveau grade, symbole de votre avancée dans le savoir, se veut solennelle. À onze ans, en février 1970, je ne suis encore qu'« orange ». Pour que je puisse disputer le championnat de Seine-et-Marne benjamins, mon prof fait une petite entorse au rituel. Et il me ceint d'une « verte provisoire », obligatoire pour combattre à ce niveau. Pas peu fier, je finis deuxième dans la catégorie moins de 30 kilos. En récompense, il m'autorise à garder l'objet vert de mon désir.

Avec la « marron », à seize ans, je remporte les Ceintures de *L'Équipe*. Ce premier titre national, en plus de la coupe, me donne le droit de nouer une ceinture noire autour de ma taille. « Le début du judo », comme théorisait mon professeur. Je passe alors un cap. Celui de comprendre que c'est possible, que je suis dans le jeu, que l'équipe de France seniors est accessible, le sera un jour. Jusqu'alors, j'en doutais, même si j'étais monté sur les podiums nationaux depuis les minimes. Mais là, la voie s'ouvre.

En cette année 1976, je fais la rencontre déterminante de celui qui deviendra mon protecteur et mon mentor, Bernard Tchoullouyan. Marseillais d'origine arménienne, « Tchou » est pensionnaire à l'Insep (Institut national des sports et de l'éducation physique), centre national réservé à l'élite du sport français. Pour arrondir ses fins de mois, il donne des cours à Lagny. Il éclaire mon judo. À force d'entraînements et grâce à la subtilité de sa technique, je réussis à mettre au point mon « spécial », ma botte secrète. Ce mouvement, *uchi-mata* – fauchage par l'intérieur de la cuisse – fondera mon bagage technique, et chaque adversaire, tout en le connaissant, le redoutera. Pour Tchou, c'était *haraï-goshi*, balayage de la hanche. Mais on démarre avec un même leurre, *o-uchi-gari* – grand fauchage intérieur – qui provoque le déséquilibre parfait. Bernard Tchoullouyan, sur un tapis de compétition, incarne la pureté. Déplacement, vitesse, actions, mouvements, il est le judo. Même les Japonais s'inclinent respectueusement devant lui. Et c'est le cas, au sens propre, pour Nose, le 86 kilos nippon, en finale des championnats du monde en 1981.

J'ai d'abord pour Tchou le respect et l'admiration qui lient l'élève à son maître. Puis la complicité marque nos années en équipe de France. En naîtra une amitié indéfectible, prolongée ensuite dans notre tandem à la tête du Lagardère Paris Racing, lui manager, moi président. Tchou est un second frère.

À seize ans, miracle, je quitte Saint-Laurent pour rejoindre La Paix-Notre-Dame, le lycée privé de filles à Lagny. Divine période qui s'étend sur deux ans, seconde et première, section littéraire. Ce qui veut dire « tout sauf scientifique »...

Septembre 1977, c'est le grand saut émancipateur. J'intègre l'Insep, comme demi-pensionnaire, en terminale pour la première promotion du sport-études haut niveau. Chaque jour naissant je parcours à mobylette, un Cady jaune, les trente kilomètres qui séparent Lagny du bois de Vincennes. Entraînement fini, retour pétaradant dans la nuit tombante. Cela dura tout le premier trimestre, puis j'arrache le statut d'interne. Je peux enfin profiter pleinement des horaires aménagés avec cours le matin au lycée Hector-Berlioz, entraînement de judo l'après-midi à l'Insep. À dix-huit ans, j'accède au tatami où performent les « stars » de l'équipe de France, ceux à qui je faisais signer des autographes cinq ans plus tôt. Je subis cette année scolaire, ne rêvant, ne bouffant, ne vivant que judo. En juin 1978, je rate sans sourciller l'écrit du bac A. Repêché je ne sais comment pour l'oral, convoqué à 9 heures, je délivre une prestation affligeante. Il faut dire que passer la nuit au Palace à fêter la fin de la saison ne m'a pas particulièrement aidé. Recalé !

Second ratage pleinement assumé, l'année suivante. Rebuté par une sévère pluie d'orage, je préfère me recoucher plutôt que de me rendre à la convocation. Je tourne ainsi cette ultime page scolaire sans le moindre regret, et même soulagé, abandonnant derrière moi ce que je considère comme un pensum. Entre le « mammouth » et moi, ça n'a jamais collé, ni décollé.

4

Soldat Rey, aux arrêts !

C'est entendu, je ne serai jamais bachelier. Mais, en mars 1979, je suis sacré champion de France seniors en moins de 60 kilos pour la deuxième année d'affilée. Je ne suis pourtant qu'un jeune espoir, peut-être brillant, mais très perfectible. Les championnats d'Europe en mai, à Bruxelles, me le rappellent cruellement. Je finis dernier de ma poule et Felice Mariani, l'Italien, survole la catégorie et remporte le titre. La Fédération française de judo me sélectionne quand même pour les Spartakiades, ces Jeux du bloc de l'Est. Mi-juillet, direction Moscou, séance de rattrapage après mes « Europe » calamiteux. Il faut que je me bouge car un concurrent sérieux, Patrick Nolin, fait déjà figure de titulaire possible. Voici donc que pointent les affres du doute.

Quand nous nous posons à Moscou, j'accuse six kilos de trop, 66 au lieu des 60 requis, soit 10 % de poids de corps à perdre. Et une belle crise de cafard devant la souffrance qui m'attend. Mais mon pari insensé c'est de perdre un kilo par jour sur six jours d'affilée. Pour ça j'ai un plan des plus basiques : ne plus manger ou presque, à peine boire. Et courir. Courir encore et encore, emmitouflé comme une babouchka, bonnet enfoncé sur les oreilles, dans les interminables couloirs de l'hôtel Rossia. Cet immense cube de béton incarne le parfait exemple de la planification soviétique. Avec ses trois mille chambres, il possède le charme d'une forteresse, à une bordée du Kremlin. Il faut imaginer alors, en plein juillet, un « Bibendum » en Adidas avaler des kilomètres le long des couloirs sans fin. Le voir monter un à un les dix étages, par l'escalier de service, le corps recouvert de couches de vêtements. Un tee-shirt, deux survêtements, un K-way, comme autant de pelures d'oignon. Plus gants et bonnet. Sans oublier la sudisette, ce plastique qui colle à la peau et vous enferme dans une étuve. Dégoulinant, assoiffé, son régime se résume à des carottes râpées, une tranche de fromage et un verre de thé par jour.

Je finirai par les perdre, ces six kilos, martyrisant ma carcasse qui encaisse. Mais elle me le rappellera le jour de la compétition puisque je « sors » dès le deuxième tour. Je suis effondré. Les championnats du monde se profilent, à Paris, en décembre 1979. Et ce nouvel échec entérine presque mon prochain rôle de remplaçant. Ce soir-là, dans ma chambre pâlotte, je referai le monde avec Jean-François Renault, mon poteau journaliste à *L'Équipe*. Démonté par la défaite, anesthésié par le goût pétrole de trop de vodka, je me revois paumé, allongé dans la baignoire vide. Jean-François, assis sur le rebord, avec une conviction infinie, me remonte le moral et me secoue sérieusement aussi. Si, ce soir-là, je suis à la ramasse, mon retour en France va m'abattre encore un peu plus.

Incorporé pour mon service militaire depuis le 1er août, j'ai l'obligation d'aller prendre mes quartiers, dès l'atterrissage en France, le 4 août. L'École interarmées des sports de Fontainebleau, l'EIS, l'ex-bataillon de Joinville, son ancienne appellation, enrôle les sportifs des équipes de France depuis des lustres. Avec trois de mes coéquipiers du voyage moscovite, nous décidons pourtant, à peine le sol touché, d'aller nous aérer quelques jours avant de prendre l'uniforme pour un an. La patrie nous attendra bien soixante-douze heures de plus, non ? Et me voilà parti avec ma copine Agnès, à Aix-les-Bains, pour oublier les Spartakiades, totalement inconscient des conséquences. Car, dès le premier jour d'absence à la caserne, la gendarmerie est venue cogner à la porte de mes parents. On m'a déclaré déserteur. Ma mère me passe un savon mémorable au téléphone. « Thierryyy, les gendaaarmes ! ! ! Mais tu te rends compte ? ! Les gendaaarmes… ! » répète-t-elle, atterrée. Je fonce donc illico à Fontainebleau avec quatre jours de retard. J'y retrouve un de mes complices, Christian Dyot. Lui aussi avait cru pouvoir finasser. Pour mettre un peu de piment et ressembler à de vrais légionnaires, nous nous étions rasé le crâne en Russie. L'accueil est glacial et le capitaine s'étrangle doublement. Du retard et du look. Il nous colle immédiatement aux arrêts pour soixante-douze heures. « M'ferez trois jours. » Entrée en fanfare, si l'on peut dire.

Naturellement, j'ai de l'armée un catalogue de poncifs communs à tous les jeunes gens de ma génération : ordres absurdes de sous-officiers bornés, que Maxime Le Forestier, que j'écoutais en boucle à l'époque, a raillés dans *Parachutiste.* Je suis rebelle à l'autorité que confèrent deux barrettes cousues sur une épaule à certains hommes. Mes cinq semaines de « classes » vont donc se transformer en parcours du combattant.

Nous nous sommes assez vite distingués en « bizutant », acte que pourtant je réprouve, un camarade judoka de 95 kilos. Ce dernier, qui se destinait à la carrière, avait pris la tête de la section pendant quelques heures à la demande du sergent instructeur. Il avait fait l'erreur de démontrer un penchant trop prononcé pour le « commandement » en endossant le rôle avec un zèle qui nous avait d'abord laissés pantois et bientôt furieux. Le prénommé Philippe portait une barbe de sapeur et apparaissait, fier de sa pilosité d'ours, sur les photos officielles. Le soir nous nous sommes vengés en débarquant à au moins trente dans sa chambre, le bloquant courageusement à dix pour le raser entièrement, tête, barbe et tout son être, jusqu'aux poils pubiens. Sacrilège !

Le capitaine, un ancien d'Algérie qui m'avait déjà dans le nez, avait frôlé l'apoplexie en découvrant l'« ignominie » infligée au colosse rendu à sa peau de bébé. Et au lieu de trente bandits ce furent trois soi-disant meneurs, dont je faisais partie, qui se retrouvèrent dans son bureau, figés dans un garde-à-vous tremblant, sous ses hurlements outrés. L'officier nous avait menacés du pire : nous expédier « fissa » dans une compagnie disciplinaire en Allemagne. Perspective effrayante. Je me voyais déjà creusant à la pelle pliable des tranchées gelées en Poméranie. Il n'en fera rien, mais la menace pèsera quelques jours au-dessus de nos têtes. Nous serons sauvés *in extremis* par le directeur de la fédération de judo, Pierre Guichard, pourtant pas tendre, venu plaider notre cause. Ironie de l'histoire, ce même capitaine se présentera devant moi, quelques mois plus tard, au garde-à-vous, pour un salut aux couleurs. Dans la cour d'honneur de l'EIS, on célébrait le titre de champion du monde du 2e classe Rey.

5

La ruée vers l'or

Les quatre mois qui me séparent de cette consécration de décembre 1979 sont les plus rudes qu'il m'ait été donné de vivre. Mes performances ne sont pas en phase avec la haute idée que je me fais de moi-même et je doute épouvantablement. L'armée m'a détaché à l'Insep, pas mécontente de se séparer d'un troufion indocile. Les championnats d'Europe par équipes qui se profilent à l'automne, en Italie, sont ma dernière chance de rachat. Une sorte de compte à rebours s'enclenche, alors je redouble d'efforts, l'espoir au cœur.

Destin ? Chance ? Alignement des planètes ? Patrick Nolin touché à une cuisse, on me rend ma place de titulaire pour ne pas risquer le forfait. Direction Brescia pour les « Europe par équipes ». À l'ouverture de la compétition, devant son public chauffé à blanc, l'équipe d'Italie nous affronte au premier tour. Au salut, dans le carré magique, le regard noir de Felice Mariani, champion d'Europe en titre, ne me lâche pas. Mais, affûté comme une lame, j'exécute ce cador en vingt secondes d'un uchi-mata venu d'ailleurs. La salle en fusion s'éteint d'un coup, comme si j'avais coupé l'alimentation générale. Nous passons les tours les uns après les autres et finalement échouons en finale contre les Russes. Je perds de justesse contre Emij – mon meilleur ennemi.

Quelques jours plus tard, bonheur indicible, j'apprends ma sélection pour les championnats du monde de Paris. Enfin je la tiens, cette sélection, après tous ces mois de galère. En plus, je combattrai dans ma salle fétiche, Coubertin, qui n'a plus de secrets pour moi. Des premières breloques glanées en benjamins, à coups de championnats régionaux, jusqu'aux victoires aux « France » et au prestigieux tournoi de Paris, remporté deux fois. Bienvenue à la maison.

Dès mi-octobre, nous rentrons dans un long tunnel de préparation, sept semaines de stage intense avec, dans le viseur, un podium mondial. Remonté à mon poids normal de 68 kilos juste après l'Italie, j'entame immédiatement la mécanique yoyo avec attention et sérieux. Cette obsession est perpétuelle et je fonds de six kilos durant ces quelques semaines. Plus que deux. Comme d'habitude, je les perdrai en eau, en m'« arrachant » dans les ultimes jours.

Mon havre de Lagny est le cocon parfait pour endurer cette dernière misère et « faire du jus », patienter au calme. Car il n'est pas courant, en ces temps, d'organiser en France de gros barnums sportifs et on sent que la tension monte.

Coubertin est fin prêt pour accueillir le judo mondial, et ses quatre journées de compétition, du jeudi au dimanche. Deux catégories par jour, du plus lourd au plus léger. À moi, donc, le dernier jour, en binôme, avec Jean-Luc Rougé engagé en toutes catégories. La veille du premier jour, le mercredi soir, vient le moment sacré du tirage au sort. Effectué sans têtes de série, il vous livre, par le menu, les travaux d'Hercule à venir. Festos, mon entraîneur, m'apprend d'une voix neutre ce qui m'attend : « Moriwaki, deuxième tour. – OK, parfait. » On discute un peu et je sens qu'il est confiant. Yasuhiko Moriwaki, c'est le numéro un japonais et mondial. Il m'a battu, au sol, à Tokyo, l'année précédente. Mais j'ai eu le temps de le renifler. J'ai longtemps ressassé notre affrontement, et, maintenant, je me replonge dans ces sensations. La nuit suivante, je fais un rêve prémonitoire. Je mène le combat parfait. Je virevolte, surpasse, contourne toutes les attaques du Japonais. Je lui fais une vie infernale. Jusqu'à ma victoire. Au réveil, je n'ai rien gagné, à part, peut-être, un peu plus d'assurance.

De Lagny, pendant trois jours à tourner en rond, je suis la rafle des médailles d'argent de mes potes tricolores, Rougé, Sanchis, Tchou, Delvingt. Ces très bons signes prouvent notre forme. Mais toujours pas de titre. Le samedi soir, je rejoins le Sofitel, à quelques encablures de Coubertin. Et j'y perds mes derniers grammes superflus dans les longs couloirs de moquette rouge. Après une courte nuit aride, le jour J se pointe enfin.

Un premier tour poussif, contre un Mexicain, m'échauffe pour la confrontation attendue. Voici Moriwaki, machine de guerre nippone, bombinette d'un mètre soixante-cinq, jambes arquées, centre de gravité hyperbas, ciboulette à zéro et oreilles en chou-fleur. On va voir. On va savoir. En montant, je ne lâche pas son regard et « *Hajime !* »… c'est parti. Sous les cris de cinq mille passionnés hystériques, je vais vivre l'expression « réaliser son rêve ». Car tout se passe exactement comme lors de ma nuit visionnaire quatre jours plus tôt. Je le balaye, je le marque, je contourne et contre-attaque. Je sens qu'il est un peu perdu, qu'il trouve que ça va vite, même pour lui. Alors je ne le lâche pas, je le « mords » sans répit. À la fin de cette folie, il manque de m'arracher, mais je termine assis sur lui, bras écartés en signe de victoire. La décision est unanime et je sors le favori japonais.

Deux victoires plus tard, je me qualifie pour la finale des championnats du monde. Elle se déroulera dans trois heures. Je pars me balader avec Agnès, dans le jardin qui existe toujours en face de Coubertin. Puis, après un semblant de sieste et une bonne douche froide, Jean-Paul Coche et Serge Feist, mes entraîneurs, me prennent en stéréo pour une séance à réveiller un mort. « Quatre jours qu'on est là et c'est toi qui vas nous l'offrir, cet or que tout le monde attend. Tu vas le dézinguer, ce Coréen… t'entends ? C'est ta vie que tu joues. Tu veux quoi ? Rater cette occasion ? Prends, prends, c'est à toi. Faut juste que tu le veuilles plus que lui. Montre-nous et prouve-toi. »

Le tatami de la finale est devant moi. Posé là où j'ai combattu, à douze ans, pour la première fois, aux championnats de France benjamins. Pile au même endroit. Je me mets des tartes, fixe le Sud-Coréen, Koa Woo-jong. Ce phénomène a fait un parcours énorme, sortant Mariani, Emij et d'autres. Pour moi, il est un mystère.

Hajime ! D'entrée, à fond, je mène la danse dans l'âpre bagarre pour attraper la toile du judogi. Droitier contre droitier, je m'enclenche pile dans son judo et ça va se jouer au premier qui craque. Tout m'indique, les secondes passant, qu'il ne comprend pas qu'on lui résiste autant. D'un mouvement de jambe, je le crochète et il chute. Avantage. Brouillon à la garde, il se fait sanctionner. Je suis devant. Pour toujours. Au bout de sept minutes de feu, je parviens à l'agripper au sol. Et là, un grand chœur monte à l'unisson et les cinq mille voix de Coubertin m'accompagnent dans ce moment sublime. « Diiix, neuuf, huuuit... zéroooo... ! » J'y suis, champion du monde.

J'ai vingt ans, je suis le roi. Les semaines suivantes filent en un tourbillon de fêtes, de réceptions et de rendez-vous médias. Mais assez vite après cette respiration bienvenue, dès janvier 1980, j'ai la tête accaparée par le grand défi qui se présente : gagner les Jeux et faire le doublé, titre mondial et olympique, jamais réalisé par un judoka français.

Toute l'équipe reste mobilisée pour cet objectif des JO de Moscou qui auront lieu en juillet 1980. Un nouveau titre national et une troisième place aux « Europe » à Vienne viennent remplir un peu plus mon escarcelle, quand l'armée se rappelle à mon bon souvenir. J'ai eu la fâcheuse idée de prendre part au débat sur le boycott des Jeux et une lettre « bien salée » du haut commandement me renvoie à mes obligations de bidasse soumis aux règles d'airain de la Grande Muette : « Soldat Rey, silence ! »

L'idée d'un boycott des Jeux organisés par les Russes, pour cause d'invasion de l'Afghanistan, enfle de plus en plus. Pour la contrecarrer, de grands noms du sport français s'activent, et c'est finalement sous la bannière du Comité national olympique et sportif français que nous nous rangerons. Sans surprise, Jean-Luc Rougé, en leader qu'il est, s'implique énergiquement et son influence sur les décisions des autorités est indéniable.

À la veille de mon tournoi olympique, je partage la chambre de mon aîné de dix ans et un jour – le grand Rougé, blessé à un bras, ratera sa compétition, ce sera sa dernière. Plus tard, il me racontera que je me suis assis sur le bord du lit au milieu de la nuit et que, la tête entre les mains, je lui ai longuement parlé. Sans conscience de cet épisode somnambulesque, j'ouvre l'œil, trois heures et demie plus tard. Le jour commence à poindre sur Moscou et offre un ciel des plus bleus. Si je me lève si tôt, c'est pour être sûr de « couler » les derniers mille deux cents grammes, avant le couperet de la pesée.

Le parc olympique Loujniki est un désert. Quelques militaires patrouillent dans l'aube. À cause de l'invasion de l'Afghanistan, les Jeux ont pris un caractère presque carcéral. Munich 1972 et la mort d'otages de la délégation israélienne restent vivaces dans les mémoires. Mais, à cette heure précoce, le stade d'échauffement m'appartient. Sudisette, survêtement bleu pâle et K-way, mon corps décharné, enveloppé de ces chiffons, cadence sa course sur la piste rose et râpeuse telle une langue de chat. La veille, l'Éthiopien Yifter, vainqueur du 5 000 et du 10 000 mètres, y a tourné inlassablement, Coe et Ovett, les deux Britanniques, s'y sont jaugés pour les 800 et 1 500 mètres. Leurs duels marqueront l'histoire de l'athlétisme. Comme le bras d'honneur de Kozakiewicz, le perchiste polonais. Futur champion olympique, son « spasme musculaire involontaire » adressé au public russe restera l'image la plus saisissante de la quinzaine moscovite.

Mais dans l'instant c'est moi l'athlète. Je cours tant et plus. Comme si je devais essorer de mon corps des centaines de grammes d'eau, trop loin enfouis. Mais une certitude absolue me porte : c'est mon ultime compétition en moins de 60 kilos. Chaque foulée de ce footing est la dernière vers cette barrière fatidique. Dans moins de deux heures, mon corps ne souffrira plus jamais de cette exigence. Ces quatre cents mètres enchaînés dans le silence imposant du stade sont mon plus beau voyage, souffle régulier, gosier ouvert, cœur frappant. Je cours vers la consécration ou le néant. Je suis Rocky !

Puis c'est l'heure de la pesée officielle, dans les sous-sols du palais des sports. Bientôt prendra place Georges Marchais, premier secrétaire du PCF, venu célébrer la grandeur soviétique. Ironie de l'histoire en marche, la contestation gronde déjà dans les chantiers navals de Gdansk. Quinze jours plus tard, la lame de fond de Solidarnosc emportera tout sur son passage. Quand on croit jouer sa vie, peu importe les événements du monde. Dans un égoïsme exacerbé, je rentre dans la peau du personnage qu'il me faut interpréter ce vendredi 1er août : un tueur froid et déterminé, un champion implacable. Comme tous les combattants, nu sur le plateau de la balance, j'ai ce frissonnement devant l'aiguille qui oscille. De haut en bas, elle tremblote et se stabilise juste sous le chiffre fatidique des 60 kilos. C'est trop bon et j'intériorise cette première victoire. À peine rhabillé, je me requinque d'un litre d'eau que mon corps absorbe comme le terreau d'une fleur. Je dévale les escaliers qui mènent aux vestiaires. J'enfile mon costume de scène et retrouve mes fétiches et mes rites : le slip bleu de compétition, le judogi râpeux, ma ceinture noire avec nom et prénom brodés en rouge. Par-dessus, le survêtement bien chaud, et, touche finale, mes grosses chaussettes de laine tricotées par une mémé ariégeoise. Les minutes de solitude, la mise en train, l'échauffement, la boule au ventre ; attentif aux consignes de Jean-Paul Coche et Serge Feist. Et la concentration et les baffes pour se faire violence. Et au bout, la lumière. Chaude ou aveuglante, on le saura vite.

Mon tableau de la matinée est copieux. Je passe successivement un Finlandais, un Portugais et un rugueux Tchécoslovaque que je balaye sur mon spécial uchi-mata. Mon corps répond. Je suis dans un bon jour.

En demi-finale se profile Emij, mon vieil adversaire que j'ai battu autant de fois qu'il m'a battu. Aujourd'hui, devant son public, ce sera notre cinquième affrontement. Avec Emij s'est noué un solide respect, scellé à coups de mousseux géorgien, au soir des tournois internationaux. Ça va être chaud. Je sais ce que représente un titre olympique pour un sportif russe. Tout. Un avenir assuré pour lui et sa famille. Maison, voiture et grade élevé dans la police ou dans l'armée. Alors, il va tout donner.

Pendant deux minutes, on se rend coup pour coup. C'est hyperserré, ni lui ni moi ne voulons céder. À presque mi-combat, le souffle se fait plus court, les muscles se durcissent. Dans un déplacement soudain, je crée l'ouverture. Il a mordu et, instinctivement, j'ai enchaîné uchi-mata. Le petit bloc russe Emij chute lourdement. L'arbitre annonce yuko, gros avantage. Trois minutes à tenir. Alors je ferme tout. Je tourne, je contrôle mais je garde un semblant d'offensive pour que le Russe ne s'emballe pas. Comme un vieux roublard, je gère. Je prends une petite pénalité qui ne changera rien. Au gong, le bras de l'arbitre se tend vers moi. Dans un sentiment de bonheur et de soulagement mêlés, je me qualifie pour la finale olympique.

Mais rien n'est encore fait. Rester concentré. Je suis à un combat du sacre, celui pour lequel tous les sportifs du monde s'engagent et souffrent. Tout à l'heure, j'affronterai le Cubain José Rodriguez, qui a fait un festival. Dans la matinée, il a écrasé tous ses adversaires avant la limite : quatre combats, quatre ippons. Ça ne m'impressionne pas. Dans mon esprit, pas l'ombre d'un doute, je vais aller le chercher, ce titre. Et j'aime trop les finales.

Pendant la coupure de trois heures, je rentre à notre base pour récupérer, manger et surtout me réhydrater. Bien que ce ne soit pas mon exercice préféré, je me fais longuement masser par mon fidèle Cachou, Bernard Achou. Notre kiné excelle en ostéo, que peu pratiquent alors. Et il me régénère de ses mains magiques. Je me repose, je lis, j'écris des cartes postales. Mais il est temps de repartir. Juste avant de quitter l'appartement, je croise la balance de contrôle. Par jeu, je me pèse à nouveau. 64,8 kilos ! Cinq kilos repris depuis ce matin. Presque que de l'eau tant mon corps en manquait. Je me sens fort.

Revenu dans les entrailles du stade, je retrouve mes fondamentaux. Ils me réveillent et me rassurent. Puis Serge et Jean-Paul vont bientôt appuyer sur le bouton « Fauve ». Au sortir de leurs séances, on pourrait affronter Mike Tyson et les All Blacks réunis. À nouveau, comme un boxeur, j'emprunte le long couloir vers l'immense salle. Je grimpe les quelques marches pour accéder au tatami surélevé. J'y suis, je salue. Monsieur, c'est l'heure ! D'entrée, le Cubain, puissant du haut du corps, essaie de m'imposer son rythme. Mais hyperlucide, je sens tout, j'analyse tout. Je maîtrise et je le devance. Il enclenche son mouvement d'épaule, *morote*, que j'ai lu. Alors je le contre immédiatement en le jetant vers l'arrière. Ippon ? Non, koka, petit avantage pour moi. Je fulmine, c'est très sous-noté. Mais ça ne m'arrête pas, je lui mets une pression d'enfer, attaque quand il faut. Je mène.

Les minutes passent. Au sol, je suis à deux doigts de le « cloquer » sur clé de bras. Mais je suis trop nul et je le rate. Maintenant, ne pas faire « la connerie » qui viendrait tout gâcher. Les secondes s'égrènent. Trente-quatre, indique le chrono. Qui filent. Plus que huit. Je m'échappe en tournant, et le gong est couvert par les hurlements du camp tricolore. J'y suis, je l'ai fait. Je salue pendant que l'arbitre japonais lève le bras vers moi. Je fonce vers mes amis, mes frères. Ils me prennent, me soulèvent et me jettent en l'air comme si j'avais la légèreté d'une plume.

Oui, je l'ai fait. Premier Français champion olympique et champion du monde. À vingt et un ans, j'entre dans l'histoire de mon sport. J'ai, en cet instant, la sensation unique d'être foudroyé par une forme d'accomplissement. C'est intense. Ça ne dure que quelques secondes mais ça vous irradie. Se concrétise le rêve adolescent qui m'a « emmené », comme dit le refrain d'Aznavour. Et je sais ce que j'ai enduré pour y parvenir. Mais c'était mon choix, assumé, surtout pas un sacrifice.

Pourtant, à Moscou, il m'a manqué quelque chose et pas des moindres : que retentisse *La Marseillaise*. La France, comme d'autres nations, avait décidé, pour ces Jeux, de ne pas arborer ses symboles nationaux. C'est donc l'hymne olympique qui célébra mon titre, en même temps que se levait non pas le drapeau tricolore mais celui frappé des cinq anneaux. Monter sur la plus haute marche d'un podium olympique est un moment sacré. Quelques minutes uniques dans une vie, la reconnaissance que vous êtes le meilleur.

C'est un aboutissement personnel et une consécration publique. Les footballeurs ou les rugbymen reçoivent « gratuitement » l'hymne au début des matchs. Pour nous, sports individuels, il faut aller le chercher, le cocorico. Mon podium moscovite, aussi intense qu'il fut, me laissa un goût d'inachevé.

J'ai entendu parfois, de la bouche d'esprits chagrins, que le boycott japonais aurait « facilité » mon succès. Et que l'or qui pendait à mon cou pouvait en être démonétisé. Il faut soit une mauvaise foi caractérisée, soit une méconnaissance crasse de l'histoire des 60 kilos : les quatre Japonais qui m'avaient été opposés lors des trois années précédentes, je les avais tous battus. En tournoi et au championnat du monde. Si certains veulent polémiquer sur les résultats de Moscou, ce n'est pas dans ma catégorie qu'il faut le faire. Débat clos.

Épuisé par ma très longue journée, nerveusement harassé, il me tarde de rentrer pour savourer avec mes frères de l'équipe. Nous sommes alors à des années-lumière des fêtes du « Club France » d'aujourd'hui, lieu « in » où tout l'écosystème du sport français se rassemble. Et pour cause : le « Club France » n'existe pas. Il n'a même pas été envisagé d'errer dans Moscou à la recherche d'un bistro ou d'une boîte de nuit. La ville baigne dans une tristesse infinie, sillonnée par des nuées de soldats en patrouille, peur du terrorisme oblige. Déjà.

De retour à l'appartement olympique, c'est la cuisine qui nous accueille pour une fiesta improvisée. De Tchou à Michel et Christian, en passant par Jean-Paul et Cachou, tous s'agglutinent. Manque Angelo, qui combat le lendemain. On a beau être en pleine guerre froide, le réfrigérateur ne suit pas et les bières sont tièdes. Peu importe, on boit. Et on rit, on chante et on se serre. Cette soirée, on ne peut plus simple, est dense, authentique. Et brève. Brisé de fatigue, étourdi par les quelques degrés d'alcool, je m'effondre de sommeil.

Mon réveil, le lendemain, est le plus merveilleux des réveils. J'ouvre les yeux et reste couché quelques secondes à contempler le plafond pour comprendre où je me trouve. Et en quelques millièmes de seconde, tout revient. Moscou… la compète… champion olympique… Sensation de plénitude. Je pense que tous les vainqueurs l'ont ressentie au moment de revenir à la vie. Un absolu, étrange et prodigieux. Une force tranquille vous envahit dans ce moment de grâce. Vous avez réalisé ce que vous rêviez d'être.

6

Le judo, voie de la souffrance

Comme le mandat présidentiel de l'époque, mon passage en équipe de France dura un septennat, de septembre 1977 à juin 1984. À la fin, pointa inéluctablement le sentiment de servitude qu'exige le très haut niveau. Un ressenti insidieux qui s'affirma de saison en saison. On est moins «mort de faim» après sept années d'entraînements intensifs, de stages, de voyages et de tournois. Sept années de régimes, de questionnement, de concurrence, de sélections. À l'époque, on était maintenu dans une condition sociale précaire malgré les performances. Même en enfilant les titres comme des perles, je restais un OS du sport français – un ouvrier spécialisé, comme on disait alors. Ma comparaison ne se veut pas péjorative, elle illustre un certain statut.

Si les entraînements et les régimes vous laminent physiquement, le manque de reconnaissance sociale vous laisse aussi démuni. De quoi serait fait demain alors que j'avais rejoint le club fermé des cadors du sport français. Les Noah, Rives, Platini, Hinault ou Prost ? Je donnai, en 1983, une interview totalement aquoiboniste à *L'Équipe Magazine* où je m'interrogeais sur l'intérêt réel de mes médailles. Et ajoutai que le judo était un fil conducteur qu'il faudrait bien un jour « couper » pour devenir un « autre ».

Le moment de l'inéluctable retrait viendra en juin 1984. Seulement troisième aux « France », je ne fus pas sélectionné pour aller défendre mon titre européen de 1983 et tenter de me qualifier pour les JO de Los Angeles. Marc Alexandre, en pleine ascension, prendra légitimement ma place et en rapportera une belle médaille de bronze. Puis il sera sacré champion olympique à Séoul en poids légers, en 1988.

Mais avant tout cela, il y eut un début, « mes universités », années sauvages, flamboyantes et voluptueuses. Pendant les deux premières, pensionnaire à l'Insep, j'y avais connu les expériences les plus ardues mais paradoxalement les plus formatrices… à tous points de vue. Dans ce campus du sport français, on jouait *Les Amours au pensionnat* entrecoupé de très longs plans-séquences de *Full Metal Jacket*. J'exagère à peine. Imaginez un petit immeuble blanc avec vue sur La Cartoucherie, haut lieu de théâtre, dans le bois de Vincennes. Au second, l'étage des filles, une trentaine, couplées par chambres. Pareillement, au premier, vingt marches plus bas, celui des garçons. Bienvenue dans ce que nous appelions le BU. Cette proximité verticale forge les amitiés. Et les complicités. Le but, dîner expédié, est de guetter la ronde des pions à l'extinction des feux. Puis de monter à pas de loup rejoindre la couche accueillante des escrimeuses, gymnastes, basketteuses ou nageuses, camarades coopératives. Pour moi qui débarquais de ma banlieue et du cocon parental, c'était une véritable révolution culturelle. Je m'initiai, bon élève, à cette sexualité libérée et insouciante. Le sida n'existait pas. J'ai encore en mémoire les mots doux chuchotés, les fous rires, les soupirs. Le tressaillement, sous mes mains maladroites, du corps parfait de ces « copines-amantes ». J'étais surpris par leur facilité à croquer la vie. Et par ma propre audace. Mais voici que cognent les pas de la ronde des pions, il faut se planquer, souffle court, pour regagner notre étage, après un dernier baiser.

Je ne compte pas les nombreux « murs » pour retrouver Agnès, mon premier amour de Lagny. Elle se doutait bien que nous ne vivions pas dans un isolement hermétique. Mais, compréhensive ou pudique, elle n'évoquait jamais mes errements probables. Le général de Gaulle, suite à l'échec des JO de Rome en 1960, avait inauguré le stade couvert du site qui deviendra l'Insep. Le grand homme ne se doutait pas que les pensionnaires de l'institution dédiée à l'excellence sportive se livreraient, sous des formes complémentaires et introductives, à des acrobaties dépassant largement le cadre gymnique. Je connaîtrais également ma première cuite, au whisky, ingurgité par petites lampées. La suite, horrible et banale, la tête dans la cuvette des chiottes avec cette promesse d'ivrogne : « Plus jamais. » Aussi les premières cigarettes que nous crapotions. Mais pas de joints, ce n'était pas dans notre culture. Le shit ou l'herbe, à de très rares occasions ensuite, m'ont toujours fait tousser.

Lors d'un de mes récents passages à l'Insep, je suis allé rôder sur les ruines du BU détruit. J'en ai extirpé quelques morceaux de béton et de plâtre mêlés. Religieusement, j'ai rapporté chez moi ces gravats témoins de ma jeunesse.

Au-delà de ces « apprentissages », nous revenions avec sérieux à l'exercice de notre passion. Malgré un engagement quasi militaire, nous acceptions avec entrain l'exigence du haut niveau. Le joli cœur que j'étais n'oubliait jamais pourquoi il avait intégré ce lieu. Apprendre, s'endurcir et gagner un jour.

Afin d'affermir encore plus ses chairs, l'équipe de France est envoyée chaque année au Japon. Au programme, la Jigoro Kano Cup, tournoi international prestigieux. Puis immersion au cœur du judo nippon pour quatre ou cinq semaines de stage. En novembre 1978, après être devenu champion d'Europe en équipe, avec mes grands anciens, Rougé, Parisi, Delvingt, Tripet et Tchou, c'est le départ vers la souffrance. Ce n'est pas vendu comme ça, mais je ne tarderai pas à le comprendre. Les universités nippones, Tokaï, Tenri, Tsukuba notamment, sont des passages obligés. Dès 1966, les meilleurs Français les avaient fréquentées et ils en étaient revenus défaits, laminés, mais, chaque fois, en grands progrès. Cependant l'écart qui nous séparait des « maîtres » japonais resta longtemps important, à part quelques individualités. Pour moi, c'est aussi l'occasion de prendre mon premier long-courrier, Paris-Tokyo via l'Alaska. Dix-huit heures de vol par le nord pour cause d'interdiction de survoler le territoire soviétique. À l'escale d'Anchorage, Tchou me drive pour faire le plein de cognac – VSOP, Napoléon – au duty free. Nous le revendrons ensuite à prix d'or aux Tokyoïtes, grands amateurs de ce breuvage ambré.

C'est dans les entrailles du célèbre Budokan que je fis fondre mes derniers kilos. Ce complexe à l'architecture originale a accueilli le judo aux Jeux de Tokyo en 1964. Ici, Anton Geesink, le géant hollandais, a immobilisé Kaminaga pour s'emparer du titre olympique en « toutes catégories », provoquant chez les Japonais un véritable traumatisme national. La légende raconte même que certains se seraient faits hara-kiri. Le Budokan est un lieu mythique. Bob Dylan y donna un concert dont fut tiré un de ses albums live cultes. Loin de ces considérations historiques, je m'attache, bon élève, à sortir une compétition honorable malgré un tirage au sort d'enfer. Un premier tour contre le Russe Pogorelov et une victoire par décision m'offrent le numéro un local Moriwaki. Je m'incline. Le Japonais gagne le tournoi devant ses compatriotes, podium cent pour cent nippon. Même battu, j'ai bien aimé passer dans ses bras et « ressentir » son judo. Ça pourrait peut-être me servir un jour. Il est temps maintenant d'affronter les choses sérieuses et notre petite troupe quitte le luxueux hôtel accolé au parc du palais impérial. M'attendent quatre semaines dantesques, mais je ne sais pas encore à quel point elles me marqueront.

Université de Tokaï. Ici c'est l'antre de la star japonaise du moment, le lourd Yamashita. Il semble sorti d'une fonderie, cube de plomb, quasi impossible à déplacer. Il est monté sur deux courtes pattes légèrement arquées par le poids de sa propre masse. Ce demi-dieu nippon, à la vivacité de saurien, a ses « viandes » attitrées, ses morceaux de choix. Ce sont les koaïs, ces judokas de première année, partenaires d'un moindre niveau qui vont chuter et chuter encore. Longtemps, Yamashita va les pétrir et il s'en sert de punching-balls. Le judo est grand consommateur de corps. Alors ils tombent. Chez les lourds, avec un bruit plutôt rond et mat. Comme ferait la carcasse qu'un boucher jette sur son étal de bois. Chez les légers, ça ressemble plutôt au claquement sec d'une baffe sur un coin de joue. Une fois bien concassés par les 130 kilos du prodige, les koaïs se retirent, silencieux et fourbus, au bout du grand dojo. Quand sonne l'heure du départ, après le salut, ils viennent assister le maître, tels des domestiques. Le premier porte son survêtement et ses chaussures, le deuxième, sa bouteille d'eau et sa serviette-éponge. Le troisième trottine derrière, à vide. Toute une culture...

Le programme des festivités est salé. Dans l'immense dojo en bois, ouvert au vent frisquet de novembre, on démarre à 9 heures du matin par une séance de combats au sol, le *ne-waza*. Pendant une heure trente, corps et visages râpent le tatami rugueux et se contorsionnent pour échapper aux immobilisations, aux clés de bras ou aux étranglements. L'après-midi, on passe à deux heures trente de travail debout, le *tachi-waza*. D'abord un échauffement avec courses et assouplissements, puis *uchi-komi*, ces répétitions de mouvements. Démarre l'heure pleine du « taté » des Français, enchaînement de dix randoris de six minutes, ces combats d'entraînement. Pas de pause. Pour finir, trois ou quatre randoris dans le « taté » japonais, pour ne pas geler sur place. Le maître Sato, double champion du monde dans les années 1970, arpente, baguette de bambou en main, les huit cents mètres carrés de tatamis. Sous ses ordres, une centaine de bonshommes, en kimono blanc, se compressent sur deux ou trois rangées. Une grande majorité portent crâne rasé et oreilles en chou-fleur. Des têtes patibulaires mais presque, comme disait Coluche.

Ici, je vais apprendre le goût âcre de la souffrance. Je suis le plus léger et le plus jeune, 65 kilos, dix-neuf ans. Encore un môme. À Tokaï, très peu de poids légers mais des types de cinq à dix kilos de plus que moi. Parfois plus encore. Ils se succèdent pour m'inviter, placides, regards impénétrables. Moi, j'y devine une joie mauvaise, genre : « Toi, le petit, tu vas morfler. » À chaque fin de randori, une ruée nouvelle pour tirer, combattre, avec un Français. C'est le sprint entre « Japs », pour nous attraper. Interdit de refuser celui qui vous salue. Alors je sers de moulin à vent à des types de 80 kilos qui me retombent dessus sans broncher. Leurs grands cris ponctuent mon envol. « Yaaaah ! » « Ouuuch ! » Je chute une fois, dix fois, vingt fois, malaxé par ce judo japonais moins physique et plus ouvert que l'européen. Une danse dont le déplacement et le mouvement sont l'essence. Je n'en ai pas encore saisi la profondeur. Ça crie, ça râle, ça souffle. On transpire à grosses gouttes malgré le froid. J'ai l'impression d'être mastiqué puis recraché. Quand c'est trop violent, je vais me plaindre auprès de Jean-Luc ou d'Angelo, leur désignant mon bourreau. Ils se font un plaisir d'aller le cartonner ensuite. Il faut être vigilant car, dans les passages au sol, on n'est pas à l'abri de se faire étrangler. S'ils vous prennent, certains ne relâchent pas malgré vos signes d'abandon. Mon supplice est biquotidien et, face à la cadence, je me demande si je vais tenir. Les journées me paraissent interminables.

À la férocité s'est ajoutée aussi une réelle solitude malgré la bienveillance de mes coéquipiers. Pas de la même génération, dix années nous séparent. Ils ont bourlingué ensemble, de stages en tournois, et les subtilités de leur complicité ancienne m'échappent souvent. Comme leur intérêt pour la revue *Maison et Jardin*. Je reste un « bleu ». Je suis, ici, un koaï. À bout physiquement et moralement, je regagne la chambre dans le crépuscule de la fac déserte quand, un soir, je craque. En descendant seul la grande pente qui mène au réfectoire, les larmes affluent en pensant à Agnès, à mes potes, au cocon de Lagny, et je me demande ce que je fous là. « Mais pourquoi j'ai choisi ce sport à la con ?! » Je maudis ce pays de faux derches souriants qui portent gants et chaussettes en coton blanc. Pour me venger de cette déprime passagère, je file, le jour de repos, dans Tokyo. Objectif, acquérir ce qui se fait de mieux en lecteur radio-cassette. Un truc énorme, introuvable en France. En 1981, ce sera le Walkman Sony dernier cri, une pure merveille. S'ensuivront des moments de grâce dans des footings aériens, boosté par les riffs de Keith Richards. De chaque séjour, je rapporte de la technologie japonaise. Une minichaîne stéréo Technics trône encore dans la maison de Corse et crache allègrement ses watts, quarante ans après. Je fais aussi l'acquisition de « tenues de travail », à la fois fort utiles et coups de cœur. Judogis et ceintures, frappés du sceau de la qualité japonaise. Nous y ferons broder nos noms en kanji, l'écriture graphique. Le *nec plus ultra* ? Les survêtements, en gros coton, épais comme des doudounes, magnifiques ! Un luxe que chacun nous envie au retour.

Et puis il y aura des satisfactions plus fondatrices. Je remarque que j'ai sensiblement élevé mon niveau, particulièrement à la prise de garde, le kumi-kata. Mais aussi mon mental. On n'a plus peur, on résiste et on fait tomber du « jaune ». Ici, il ne faut voir aucune connotation raciste mais juste la réalité du parler cru des vestiaires. Et l'affirmation d'une volonté au service de la gagne.

En sport de combat, le champion a un ego tueur qui lamine, éradique puis règne. Nous quittons, à coups de bastons et de chutes, notre statut de « dominés » pour nous voir octroyer celui de « résistants » et ensuite, de temps en temps, de « vainqueurs ». Le regard nippon sur nous en est modifié. D'abord dédaigneux voire impérialiste, nous avons gagné, génération après génération, leur respect et peut-être leur considération. Ils ne nous ont rien donné et nous avons dû apprendre à « prendre ». Mais, même s'ils nous ont ouvert depuis longtemps leurs portes et nourris de leur science, le judo nippon écrase toujours notre planète par sa classe et ses résultats.

7

Pique et pique et coulent les grammes

Je tiens à l'affirmer sans conteste, le judo de très haut niveau est un sport ouvrier. Rien de politique ni de clivant. Constatons simplement que ça reste aujourd'hui un sport âpre, ingrat. Et mal rémunéré, à l'exception de la star mondiale Teddy Riner. Avec les mêmes maux que les maçons, articulations douloureuses, dos et genoux abîmés. Les mains font ici office de truelles.

La grande obsession du judoka, c'est de faire le bon poids. Cette perpétuelle angoisse liée à la gestion de la « descente » nous occupe au plus haut point. Aucune catégorie n'y échappe, sauf certains lourds. Mes régimes ? J'ai commencé en minimes, à treize ans, où je devais faire moins de 38 kilos. Ma sudisette était un sac-poubelle de cent litres, percé pour laisser passer la tête et les bras. Quel harnachement ! Plus tard, j'ai fait des pompes, enrubanné de survêtements, dans des saunas chauffés à blanc. Suant toute mon eau, tapi sous des couvertures après de longs footings dans les couloirs des hôtels. Mon record : deux kilos et deux cents grammes en quarante minutes. Avaler des salades à l'huile de paraffine, recommandation de la diététicienne que nous étions allés voir, maman et moi, en quête de conseils nutritionnels. Démarche personnelle car il fallait, à cette époque, et sur ces sujets, se dépatouiller seul.

Ne pas manger, ou le minimum, est supportable, votre estomac s'habitue. Mais, dans les derniers jours, ne pas boire vous rend dingue. La « descente finale », numéro d'équilibriste pour être pile au poids, se joue sur l'équilibre à trouver entre perte d'eau et réhydratation. Exemple : trois jours avant la pesée, trois kilos en trop. Je perds deux kilos en courant. Chouette, je suis à un kilo. Mais je mange un steak, deux cents grammes, et je bois deux verres d'eau, six cents grammes. Résultat : un kilo huit cents. Mais plus que deux jours et un corps qui réclame. Ça s'est parfois terminé par des footings couperets comme celui de Moscou. Mais ce fut pire par deux fois. Pour un tournoi en Pologne et pour le championnat de France 1979, j'accusais trois kilos en trop la veille au soir. Pour le national, après un entraînement nocturne très dense à Lagny, j'eus l'ingénieuse idée d'utiliser quatre suppositoires à la glycérine. Ce produit naturel fort laxatif devait pouvoir extraire, par des voies naturelles, quelques dizaines de grammes enfouis. Pendant trente minutes, aucun effet. Soudain, une douleur aiguë cisaille mon ventre accompagnée de bouffées de chaleur. Évidemment rien à sortir, la tête qui tourne et hop… dans les pommes ! Maman et Christian me réveillèrent à coups de baffes et me portèrent au lit, chancelant. Je devrai encore perdre quatre cents grammes le lendemain matin à Coubertin pour faire 60. Les premiers tours ne furent pas glorieux mais, les heures passant, je me suis requinqué et, vers 20 heures, après neuf combats, je remportais mon deuxième titre de champion de France.

Ces périodes de disette volontaire nourrissaient indirectement mon penchant primaire : je me muais alors en râleur invétéré, invivable pour mon entourage. Mais tout le monde prenait sur soi pour accepter. En tournoi, les 60 kilos combattaient le dernier jour. Je supportais donc en silence la tablée de mes coéquipiers, qui, jour après jour, et compétition finie, se gavaient devant ma tête de cocker en manque de salive. La plupart des lourds des années 1980 ne s'embarrassaient pas de la contrainte du régime. Loin du profil d'Apollon, ils festoyaient comme des ogres. S'ils gardaient la technique, beaucoup présentaient un profil à la Baloo. Finalement, au judo, cohabitent deux mondes distincts : les lourds et les six autres catégories. Et on peut même considérer qu'on ne fait pas le même sport. En évoquant les lourds, je veux m'arrêter ici sur deux monstres sacrés, David Douillet et Teddy Riner. J'ai eu le privilège de les « manager » puisque je fus leur président de club. Au PSG Judo pour David et au Lagardère Paris Racing pour Teddy.

David Douillet, immense champion, on ne reviendra pas là-dessus : deux titres olympiques, quatre titres de champion du monde, dans un temps disparu où chaque tour s'assimilait à un coupe-gorge. Que des killers : le Japonais, l'Estonien, le Russe, l'Allemand, le Géorgien. Donc David, c'est un monsieur. Il signa au PSG Judo en 1993 après son premier sacre mondial. Il y fit toute sa carrière jusqu'aux Jeux de Sydney. C'est dire si je pourrais développer. Il fut le premier judoka avec un statut pro. Dépassant le cadre de son sport, il fut désigné « personnalité préférée des Français » au classement biannuel du *JDD*. Carrière finie, David me rejoignit à Canal Plus pour commenter et s'occuper d'achats de droits. Installés dans le même bureau, nous étions copains plutôt qu'amis. Pendant son règne sportif et son engagement avec Bernadette Chirac pour les « Pièces jaunes », il garda toujours une distance avec le pouvoir. Les choses en allèrent autrement plus tard, avec Nicolas Sarkozy, alors ministre de l'Intérieur. Je me rappelle le coup de fil que j'ai passé à Pierre Charron en 2006 pour les mettre en relation. David prit le combiné et s'entendit proposer un dîner avec Sarkozy. Quant à moi, j'avais poliment mais fermement décliné l'invitation, Sarkozy n'étant pas, loin s'en faut, ma tasse de thé. Le dîner dut fort bien se passer si l'on se réfère au parcours de Douillet. Il fit sa route au sein de l'appareil UMP puis LR, pour finir, bizarrerie, secrétaire d'État aux Français de l'étranger, puis ministre des Sports en fin de mandat. Au sortir de Canal, je n'ai plus jamais eu de nouvelles et nous nous sommes rarement croisés. Non pas qu'une quelconque hostilité fût née entre nous, qui eût été liée à son engagement ou au grotesque de certaines de ses déclarations. Mais cela m'a permis de confirmer que, au fond, nous avions peu de chose en commun, pour ce qui est de notre rapport à la vie. D'où ma douce ironie au moment de m'impliquer dans la campagne de François Hollande en 2012 alors qu'il était ministre dans le gouvernement Fillon. En dehors de qualités physiques exceptionnelles, David possédait, entre autres, une remarquable intelligence tactique. Je n'affirmerais pas qu'il ait réussi à transposer cet atout dans son parcours politique. L'après-carrière est un moment de transition délicat et chaque grand sportif y est confronté. Il faut reconnaître que le terrain de jeu devient parfois un peu trop grand.

Quant à Teddy, il n'existe qu'un seul exemplaire de ce phénomène disponible sur le marché mondial : norme française, origine Guadeloupe. Talent incroyablement précoce pour un poids lourd, il se révéla aux championnats du monde de Rio en 2007, à dix-huit ans. Il présentait, au moins jusqu'en 2010, un judo assez fruste. Mais il compensait par une envie féroce et un enthousiasme déferlant. Sa détermination, dans le hall de l'hôtel à Rio, avant d'aller affronter au premier tour Inoué, emblématique champion japonais, me réjouit encore aujourd'hui : « Je vais l'éclater ! » Puis, dès 2011, au championnat du monde de Bercy, cet homme-enfant à la bonne humeur communicative est devenu, à force de travail, une merveille à la technique désormais quasi parfaite. Cinq combats, cinq ippons sur autant de mouvements différents ! La densité du marbre associée à la vitesse du félin. Des mains comme des godets de pelleteuse au service d'une garde dévastatrice qui infantilise le plus velléitaire des adversaires. Il faut bien reconnaître que, dans sa catégorie, pas plus de trois ou quatre dans le monde ont un réel niveau. Mais qu'importe, Teddy fait le job, pro et investi. Avec Martin Fourcade, multimédaillé en biathlon, il est un des plus grands sportifs français, toutes générations confondues. Un troisième sacre olympique l'attend en 2020 à Tokyo.

Que donnerait un combat Douillet/Riner, au-delà de l'anachronisme ? Cette question, mille fois posée, nourrit parfois les troisièmes mi-temps des banquets entre judokas. Et je ne répondrai pas, même si j'ai ma petite idée.

En dehors des lourds, je ne résiste pas à l'envie d'évoquer un autre grand guerrier, arrivé au PSG Judo en septembre 1996, Djamel Bouras, champion olympique. C'est à Atlanta qu'il connut la gloire, dans une finale homérique. Mené par pénalité, il détruisit le Japonais Koga, alors invaincu, pour s'imposer à la décision unanime des juges. Djamel était l'un des plus remuants et des plus attachants de notre équipe. Parfois difficile à canaliser, il était un combattant d'une pugnacité exceptionnelle. Mais, en 1997, il fut contrôlé positif à la nandrolone, un anabolisant, au cours de la préparation des mondiaux à l'Insep où il s'entraînait. Il prit deux ans de suspension. J'ai toujours eu la conviction profonde que Djamel ne s'était pas dopé. Et le PSG le soutiendra indéfectiblement. Les contre-expertises exécutées au service de criminologie de Strasbourg nous donnèrent raison. Les prélèvements de poils pubiens, pour cause de tête rasée, démontrèrent qu'il ne s'était pas affranchi de la règle. Et même si, bizarrement, ce protocole n'était pas reconnu par le pouvoir sportif, il instilla suffisamment de doute pour que la suspension fût ramenée à un an. Marqué à jamais par ce qu'il considérait comme une injustice, Djamel vit depuis une dizaine d'années au Qatar où il occupe d'éminentes fonctions. Il est naturellement impliqué dans la direction sportive du PSG Judo qui vient de renaître, version qatarie. Nous nous voyons de temps en temps, dont une des dernières fois en 2016 à Marseille pour visiter des enfants malades. Certains champions avaient promis leur présence, on les attend toujours. Bouras, lui, prit tout spécialement un vol de Doha pour être à l'heure à l'hôpital de la Timone. Tout est dit.

La réussite du judo français depuis les années 1980 perdure en grande partie grâce au judo féminin. Une de mes grandes satisfactions est d'avoir pu accompagner deux filles phénoménales aux destins totalement différents.

D'abord, Morgane Ribout. J'avais repéré le talent exceptionnel de cette junior de dix-sept ans, délicieuse et fantasque. Un caractère de cigale, peu apprécié dans les arcanes tatamisés. On aurait pu la comparer à ces chevaux sauvages qui vous font valser dès qu'on essaie de les dompter. Mais j'étais bien placé pour comprendre Morgane et ses « particularités ». Mon pari, en la faisant signer au club en 2007, était qu'elle acceptât d'être cadrée un minimum, pour se révéler à elle-même. À ce compte, je lui promettais le meilleur. Suivie à l'Insep par Cathy Fleury, championne olympique, et par Tchou au club, boostée par un travail intense et une envie débordante, Morgane devint championne du monde à vingt et un ans. Durant une journée extraordinaire, elle dépiauta méticuleusement ses adversaires, toutes plus médaillées les unes que les autres. Mention spéciale pour la Japonaise Matsumoto, qui aurait pu faire un trou dans le tatami tellement fut sèche sa chute, sur un contre hallucinant. Notre pépite eut un mal fou à gérer ce succès. Comme une Formule 1 dont l'accélérateur ne répond plus, elle se rangea sur le bas-côté, cinq ans après, sans jamais avoir pu confirmer. Mais la battante est repartie depuis, dans une carrière en MMA, Mixed Martial Arts, sport de pieds-poings. Je ne doute pas, si elle s'en donne les moyens, de son avenir flamboyant.

Et puis il y eut Lucie Décosse. La plus grande. Voilà ce que j'ai écrit d'elle dans la préface qu'elle m'avait demandée, jolie marque de confiance, pour sa biographie : « Lucie Décosse est la plus grande judoka de l'histoire du judo français. Point barre [...]. Lucie, c'est tout simplement le judo incarné. Sa technique, sa rapidité d'exécution, ses attaques fulgurantes, son sens du placement et du déplacement, sont désarmants, sidérants et nous laissent pantois. "Épanouis, enivrés et heureux", comme dit la chanson [...]. Je pourrais vous parler pendant des pages de cette fille venue de l'autre côté de l'Atlantique, la Guyane, souvent insondable et secrète, parfois prolixe et avide de se confier, pleine de doutes comme une enfant et sûre d'elle-même comme un roc, à l'humour corrosif et à la repartie acérée [...]. Les larmes qu'elle m'a tirées en gagnant son troisième titre mondial à Tokyo. [...] Commentateur pour Canal Plus, je marchais vers elle qui descendait du podium et je me suis mis à chialer comme un môme, ému et heureux de la savoir comblée d'être revenue au top [...]. Derrière la géniale se cache la laborieuse, la travailleuse, la fourmi. Celle qui, chaque jour, faisait et refaisait ses centaines d'uchi-komi, ces répétitions de mouvements, comme une danseuse étoile qui souffre à la barre pour mieux briller le soir, en pleine lumière, aux yeux de tous. Car Lucie a fait lever des stades entiers. Bercy s'enflammait en jubilant à chacun de ses ippons. C'était la seule à susciter une telle attente puis une telle ferveur. On pouvait lire dans les yeux de ses adversaires de la crainte, du respect et de l'admiration. » N'en jetez plus.

8

L'enfant et le menteur

Dans ce monde qui m'a façonné, il est un nom, inconnu du grand public, qui aura pesé lourdement sur ma jeune vie, sportivement mais pas que : Jean-François Bonnet.

C'est son père, Léon Bonnet, qui a créé le Judo Club de Lagny en 1953 et le dirige encore à mon arrivée, en 1969. Léon porte avec classe une fringante cinquantaine et le complet trois pièces. L'allure provinciale d'un homme qui se rendrait chez le notaire pour une succession. Jeanne, son épouse, fort accent bourguignon, règle la vie du club qui deviendra, dans les années 1980, une des plus belles pépinières du judo français. Préposée au secrétariat, Jeanne enregistra ainsi, à la demande de ma mère et sous ma mine déconfite, ma première adhésion. Les Bonnet ont deux fils judokas, Jean-François et Xavier, et une fille, Maïté.

J'ai neuf ans, presque dix, quand je pose, la boule au ventre, ce premier jeudi d'avril 1969, mes pieds nus sur la bâche froide de la rue Delambre. Je ne connais pas encore le mot «tatami». Jean-François, l'aîné, une trentaine d'années, dirige le cours. Ceinture noire 4e dan, grand et baraqué, nez cassé, mais tête superbe et sourire enjôleur, il mène avec patience et autorité notre groupe de débutants ceintures blanches. Mon rejet premier ne dura pas. Sous la férule de Jean-François, et à la surprise de mes parents, je deviens attentif et impliqué. Plus malléable aussi car j'écoute, je fais, corrige et recommence. Et j'accepte le souffle court, le point de côté ou la brûlure, dans le cou, de la toile du kimono. En ces circonstances, mon côté têtu, voire buté, tourne au positif. En trois mois, fin juin, je décroche ma ceinture jaune. Même si je porte, chaque dimanche, le maillot jaune du club de foot de Lagny, ailier gauche, numéro onze, le judo m'a chopé. C'est que mon professeur possède un incontestable talent pour transmettre. Noms en japonais, détails du placement de corps, pédagogie abordable, le sympathique Jean-François rayonne pendant les cours. Sa leçon s'apparente plus à un jeu qu'à un sport ésotérique. Le club devient mon conservatoire du jeudi.

Début 1971, du haut de mes onze ans et 29 kilos, je remporte ma première médaille, d'argent. Premières découvertes et sensations mêlées : la pesée, l'échauffement, le trac, la brûlure du combat, le plaisir de la médaille.

« Vous savez, le petit, il est bon... Il est vraiment bon. »

Je ne sais pas ce qu'a répondu mon père ce jour-là. Il s'est peut-être dit que, au fond, la veine sportive qu'il m'avait lui-même instillée pouvait être un excellent palliatif face à mon profond rejet scolaire.

Jean-François Bonnet avait donc poussé la porte de la maison et mes parents le trouvaient « vraiment très sympa ». Pour le petit garçon que j'étais, il s'imposait en référence. Et en champion, puisqu'il allait participer aux championnats de Seine-et-Marne seniors. Il proposa d'ailleurs de passer me prendre pour y assister. J'étais sur un nuage. Le jour dit, devoirs faits – un exploit –, je faisais les cent pas, impatient, scrutais son arrivée par la fenêtre. Les heures passèrent et on dut se rendre à l'évidence : Jean-François ne viendrait pas. Il m'avait oublié. Cet après-midi-là, je découvris le sens du mot « désillusion ». J'en retins qu'il ne faut pas faire de fausses promesses aux enfants. Ma mère tenta de me consoler. J'étais défait. Deux jours plus tard, Bonnet toqua à la porte, se confondit en excuses, désolé, invoqua une urgence de dernière minute. Pour se faire pardonner, il me tendit la médaille d'or qu'il avait remportée. Sidéré, je l'acceptai comme un cadeau compensatoire. Pourtant restait en moi la griffure du rendez-vous manqué.

Bonnet récidivera quelques mois plus tard alors que je me préparais à partir pour les championnats du monde 1971 en Allemagne. « Quand même, ce Jean-François... », firent mes parents qui ne se résolvaient pas à le détester. À douze ans, je pris conscience de la légèreté de certains « grands », eux qui nous abreuvaient sans cesse de remontrances et de conseils. Mais, bizarrement, je restai attaché à ce bonhomme hors norme. J'étais, pour l'heure, une branche bien tendre qui mettrait des années à se détacher de ce tronc noueux.

9

Le jeune homme et la crapule

Bonnet, au fil des années, fut pour moi l'homme des feux d'artifice et des couacs assumés, le plus proche complice et le plus exécrable des escrocs. Il engagera son club, ses amis, sa famille même, dans des projets toujours plus ambitieux comme autant d'aventures périlleuses. De réussites indéniables en entourloupes lamentables, de mains sur le cœur en reniements, ses errements provoqueront espoirs, fureur et rancœurs. Banni du monde du judo et des affaires, ciblé par le milieu, il s'effondrera, jeune encore, pour ne plus se relever.

Mardi 29 juillet 1980, veille de mon départ pour Moscou. Les membres de l'équipe de France ont déjà commencé le tournoi. Le samedi précédent, de mon canapé à Lagny, j'ai explosé de joie en voyant Angelo Parisi, mon collègue, être sacré champion olympique. Il a «incrusté» le Bulgare Zaprianov, d'une botte dont il a le secret. « Lanterne rouge » de notre délégation, je vais combattre le 1er août. Vers 18 heures, on m'a déposé au Hilton d'Orly où une chambre a été réservée. Il a plu toute la journée. Il me tarde de partir, surtout que j'ai encore deux kilos cinq cents à perdre. Un kiné me rejoindra demain. Aujourd'hui, quand certains sont « chaperonnés » jusque pour aller pisser, il paraît insensé d'imaginer laisser un champion se gérer seul pour voyager. Ma chambre ? Rien de folichon : un lit que je teste en plongeant sur le matelas. Au mur, une photo de cocotiers avec sable blanc évoque les Antilles. Pour moi, ce sera Moscou et son village olympique bétonné. Dehors, au loin, le ballet des décollages-atterrissages. Dans ma grande valise à roulettes, tout mon attirail soigneusement plié. Ceinture fétiche, sudisette et survêtement de cérémonie. Celui que je mettrai sur le podium si… Aussi les hebdos, *Le Nouvel Obs*, *Le Point*, *L'Express*. Et les mots fléchés, que j'enchaîne à chaque déplacement. J'ai l'habitude de ce sentiment de vacuité qui, à un moment, me gagne. Il me faut bouger pour effacer ce rien qui pointe. Ou trouver de la compagnie. J'hésite. Est-ce bien sérieux ? Je me laisse aller et j'appelle Bonnet. Et Bonnet, je le connais par cœur, comme son numéro. À cette époque, « toucher » quelqu'un au téléphone chez lui, c'était comme cocher la grille gagnante du Loto. Et là, ça décroche.

« Jean-François, je m'emmerde ici. Tu fais quoi ? J'irais bien respirer un peu.

– Ne bouge pas, je suis là dans une petite heure. »

Dès qu'il arrive, nous rejoignons la Peugeot 504.

« Allez, on y va ! me dit-il.

– Où ça ?

– T'inquiète, on va se changer les idées », fait-il dans un sourire énigmatique qui m'intrigue et m'amuse.

On démarre direction autoroute du Sud. On papote et la route défile. Les infos pointent les résultats décevants des Français à Moscou. Je regarde Jean-François conduire. Ça donne envie. Je viens juste d'obtenir mon permis. L'inspectrice, après quelques virages, m'avait tendu en silence le fameux papier rose. Un encouragement pour les Jeux ? Derrière la vitre, la banlieue se dissout dans le crépuscule. Soudain, on rétrograde en passant devant une bâtisse sur laquelle je lis « Tennis ».

« On est où, là ? »

Bonnet me répond par un grand sourire.

Nous cognons à une porte en bois munie d'un œilleton. Une grande salle de restaurant nous accueille, baignée d'une lumière tamisée. Sur les tables, un buffet froid. Bonnet semble à la maison. Il salue une femme en décolleté, puis deux couples ravis de le voir. Il me présente. De minute en minute, ça se remplit et plusieurs couples échangent chaleureusement. Tout le monde a l'air de se connaître. Au bar, comme si de rien n'était, un homme s'avance vers sa voisine, assise sur un tabouret. Il se colle à elle et l'embrasse langoureusement. Se mettant à genoux, il enfouit sa tête sous sa robe. La dame semble contente et se laisse glisser en arrière sous la caresse. Ça doit être le signal de départ car tout ce joli monde se déloque et se rue les uns sur les autres dans une mêlée lascive et ahanante. Quelque peu sidéré, j'interpelle Bonnet, la main couvrant ma mâchoire qui vient de tomber. « Dis donc, toi ? Tu m'as emmené dans une partouze ? ! T'es vraiment barge ! » Ses yeux pétillent quand une donzelle m'attrape et s'empresse, avec de vrais arguments, de justifier ma présence en ces lieux. Je me laisse faire, pas au top de ma forme avec six kilos perdus et peu motivé, car pas très friand de ces délires collectifs. Divertissant ? Oui… Non… Bof. Je n'arrive pas à m'« intéresser », comme aurait dit mon père. En regardant ma montre et mon coquin de prof, je lui suggère de couper court et d'engager la marche arrière.

« Alors, ça t'a plu ? fait-il, une fois dehors.

– Beaucoup ! Mais t'es quand même dingue ! » réponds-je, amusé malgré moi.

Retour Orly-Ouest. Il est 23 heures. Cette escapade me paraît déjà lointaine, comme irréelle. Je me douche longuement. Et vite, je veux dormir, et oublier cet épisode. Ah, il est beau, le sport français !

Le lendemain matin, je décolle enfin vers ce que j'attends depuis des mois. J'ai droit, à l'arrivée, à une réception digne d'un ministre. Passage express de la douane, limousine et gyrophare. Dans l'appartement du village olympique, j'investis une piaule spartiate, déjà occupée par Jean-Luc Rougé. Deux jours plus tard, le 1er août 1980, je deviens champion olympique.

Aujourd'hui, dès que je vois une inscription « Tennis » sur une façade, je ne pense pas balle jaune ou revers lifté. J'essaie plutôt de deviner ce qui se passe derrière. On l'a compris, Bonnet pouvait sortir de son chapeau les tours les plus improbables. Et j'ai adoré celui qu'il exécute quelques semaines après mon or olympique. Il débarque chez moi à l'improviste et, appuyé sur l'aile d'une magnifique BMW 320I, flambant neuve, six cylindres, gris métallisé, il claironne :

« Tiens, elle est à toi.

– Non, tu déconnes ? ! »

Bonnet ne déconnait pas.

« La carte grise est à ton nom », ajoute-t-il en me la fourrant sous le nez.

Il a même souscrit l'assurance.

« Tous risques, précise-t-il. Et j'ai fait le plein. »

Interloqué par l'énormité du cadeau, je balbutie un merci et m'installe au volant pour apprécier. Où l'a-t-il « achetée » ? « C'est le club. » Dubitatif, connaissant l'animal, je m'inquiéterai pendant un temps. Cette voiture, généreux présent ou futur poison ? Sur l'instant, j'apprécie que Bonnet, grand seigneur, se soit remué pour racheter ses manquements passés.

Je pars alors, avec mes « frères » de l'Insep, Péri, Serge, Christian et Jean-Phi, dans de longues virées nocturnes et Paris s'offre à nous. Sans culpabiliser, on se met « cartable » car il y a un temps pour tout. Si, deux mois avant les grands rendez-vous, je m'engouffre dans le tunnel du sérieux, en période légère, en revanche, je plonge dans la fête et les plaisirs de la nuit. Les « six cylindres » de mon bolide vrombissent aux aurores. Je rentre parfois comme une chouette aveugle, me demandant qui du bijou roulant ou de moi a ramené l'autre. Et surtout si je serai capable de le retrouver le lendemain.

Autre « miracle » dû au charisme de Bonnet, quatre ans plus tard, fin 1984. Je signe, grâce à lui, un fort joli contrat avec une société établie dans l'Est. Le patron, sympathique, ancien footballeur, souhaite se lancer dans la production de kimonos fabriqués en France. Pour percer sur le marché, il pense qu'un nom porteur « parlera » rapidement à l'écosystème du judo. Il me contacte. Carrière juste terminée, cette opportunité tombe à pic. J'en parle à Bonnet qui se mue instantanément en agent. Si on aboutit, je superviserai une ligne de judogis de qualité, du débutant au compétiteur. À la clé, un minimum sur royalties de 180 000 francs annuels, 15 000 francs par mois. Très attractif pour moi en ces temps incertains. Mon « agent » déploie toute sa force de conviction et je signe, pour trente-six mois, un contrat confortable.

Entre 1985 et 1991, je ne croiserai plus l'intrigant Bonnet. Et pour cause : il m'a fait le coup le plus insensé et le plus dégueulasse qui soit. Et nos relations en furent gelées pendant près de sept ans. Juste après ses bienfaits précédents, m'était venue l'idée saugrenue ou originale d'offrir une réplique de mes deux médailles d'or au Judo Club de Lagny qui m'avait fait grandir. Je tenais à lui témoigner ma gratitude. Bonne poire et en confiance, je proposai à Bonnet de réaliser l'opération. Persuadé qu'il n'oserait pas « toucher » à ces symboles, je lui confiai mes ors, olympique et mondial. Après des mois d'attente, de relances, d'engueulades, je dus me rendre à l'évidence : Bonnet avait perdu mes médailles. Ou les avait refilées. Ou vendues. Pour éponger quelque dette ? Pour satisfaire quoi ou qui ? Même cette mission, ô combien symbolique, il n'avait pas été capable de l'assumer. Et ce qui nous liait depuis mon enfance, il n'avait pu s'empêcher de le pourrir. Ce type était définitivement une crapule ! J'étais totalement abattu.

J'en parlai à Nelson Paillou, un homme que j'adorais. Président du CNOSF (Comité national olympique et sportif français), grand dirigeant, il fit beaucoup pour le sport en France. Nelson mit en branle ses contacts moscovites, s'arrangea avec le CNO russe pour se faire envoyer un exemplaire authentique de ma médaille olympique. Et il me la remit, sans façon, au détour d'un couloir, en me claquant la bise. « Tiens, mon petit, voici ta chose, file maintenant ! » Quant à mon or mondial, la grande marque française qui l'avait gravé avait conservé le moule et m'en livra un nouveau tirage sans difficulté.

J'ai donc bien, chez mes parents, deux pièces de métal doré attestant de mes deux titres. Mais ce ne sont pas celles de l'instant sublime des podiums.

En écrivant ces lignes, je me demande toujours comment j'ai pu, au final, me piéger moi-même ? En tout cas, ce fut la fois de trop et je coupai les ponts en quittant Lagny, mon club de toujours.

Printemps 1991, retour de « la bête » Bonnet à sa sortie de prison. Le bonhomme avait progressé dans le monde de l'embrouille et était devenu un escroc patenté. Mais de peu d'envergure, il avait pris trois ans de placard dans une carambouille. Et passé dix-huit mois « en vacances », comme il disait.

Un samedi, il toqua timidement chez mes parents, demanda s'il pouvait entrer. Il avait changé, il était amaigri et grisonnant. Mais il portait toujours beau. Vite à l'aise, il clama qu'on ne l'y reprendrait plus, qu'il avait payé et appris de ses erreurs. Ça m'a fait drôle de le revoir, même si je n'en montrai rien. « J'ai déconné, moi aussi », lui avouai-je, pour alimenter une conversation qui patinait. Parti depuis longtemps vers de nouveaux horizons, je « tournicotais » plus que je ne tournais en arrachant de petits rôles au cinéma ou dans des séries. En vrai, je ramais sévère. On évoqua nos exploits de jeunesse, surtout les miens, plus évidents. Et on évita d'aborder ce qui fâche. Bonnet nous raconta la prison et, sans lien aucun, annonça avoir de grands projets. Je l'observai. Pourquoi était-il là ? Dans quel intérêt ?

Après ces retrouvailles tempérées, le contact se renoua doucement. Puis, de déjeuner en sortie, nos relations redevinrent celles de jadis. La lose nous réunissait. Moi, carrière et moral en berne, et lui qui devait se réinventer. Après tout, ça arrive que des types s'amendent, se créent une nouvelle conscience. Je me laissais aller à croire en l'Homme. En la rédemption. Un soir, Bonnet évoqua ses affaires futures et me parla de Prague, nouvel eldorado pour les investisseurs français, m'apprit-il. Comme j'essayais de percer cette nouvelle lubie, il me répondit soudain « bou-lan-ge-rie », sur un ton de conspirateur. C'était ça, le nouveau filon. Surpris, je l'écoutai pérorer sur les vertus de l'exportation du pétrin français en nouvelle Europe de l'Est. Sans tournage prévu et donc libre, je répondis positivement à sa proposition de l'accompagner. Si Bonnet voulait s'essayer mitron en Bohême, qu'est-ce que je risquais, moi ? Rien. Je n'y mettrais aucun argent, d'ailleurs, je n'en avais pas.

On roulait depuis plus de dix heures à bord d'une grosse berline qu'il s'était fait prêter. Je le voyais plisser les yeux aux croisements des phares. Nous approchions à vive allure de « la ville aux cent clochers », en ce milieu d'automne 1991. On s'installa à l'Atrium, un hôtel cossu le long du fleuve Vltava, où il aurait ses « rendez-vous » avec son contact français.

Pendant nos trois longues soirées passées au casino du dernier étage, Jean-François se lia rapidement avec le croupier, M. Paul. Ce Corse à l'accent solide s'ennuyait ferme à sa table de black-jack comme dans la Tchéquie naissante. Il était donc tout heureux de trouver un nouvel ami. Bonnet l'écoutait et, très à l'aise comme partout, il l'inondait de son bagout. Il en oubliait presque les attraits du « fournil ». Connexion faite, les deux hommes passèrent des heures à discuter à voix basse. Fin de l'épisode. Laissons reposer.

En rentrant au bercail, pas de suites réelles à notre séjour praguois. J'en conclus que les pains à la farine de blé dur avaient dû faire un four.

Début 1997. Pilier à Canal Plus, jeune père de Martin, j'entrai dans une zone de fortes turbulences sentimentales avec Claude. Ma belle et douce, en ces temps difficiles, restait belle mais devenait moins douce, surtout par ma faute. Un jour, un ami m'informa qu'« on » souhaitait entrer en contact avec moi, qu'« on » voulait urgemment m'entretenir du sieur Bonnet. J'aurais pu éluder, mais ce « on » m'intriguait. Je voulais comprendre pourquoi Bonnet refaisait surface. J'acceptai un rendez-vous téléphonique.

« Monsieur Rey, vous connaissez M. Bonnet ? Vous étiez à Prague avec lui, il y a quatre ou cinq ans, n'est-ce pas ? »

Je percutai immédiatement et pas besoin d'un dessin pour comprendre que Bonnet avait dû traficoter là-bas quelque chose de pas clair.

« Oui, je l'ai accompagné. De mémoire, nous y avons passé trois ou quatre jours pour un projet de boulangerie.

– Le cas Bonnet nous pose problème. Il prétend que vous le protégez alors qu'il a un lourd différend avec un de nos croupiers. Vous pourriez passer nous voir ? Vers 22 heures ? »

Bonnet, je l'avais viré du PSG Judo, avec fracas, quelques mois auparavant. Cet enfoiré avait replongé dans ses travers. Le pensant « stabilisé » et fort de ses qualités, je lui avais offert le poste de manager général du club. Il en avait profité pour détourner des chèques. Sans vergogne, il avait imité la signature de la trésorière du club, qui n'était autre que ma mère. Attentive aux relevés, Pierrette avait levé le lièvre. Avec cette ultime saloperie et une chaude explication, j'avais foutu, ivre de rage, le traître Bonnet à la porte.

J'apprenais maintenant que cet empaffé pouvait me nuire même à distance, en se prévalant de ma protection. Ou plutôt de celle du « Château », me précisa mon interlocuteur, comprenez l'Élysée. Là, on touchait à du très grave. « 22 heures, comptez sur moi », fis-je, atterré de me voir mêlé à de pareilles embrouilles mais soulagé de pouvoir rétablir la vérité. À l'heure dite, je sonnais à la porte d'un cercle de jeux parisien. Moquette rouge, lumière douce, on me fit monter en salle et on m'installa à une table de poker vide de tout joueur. Deux types classieux, air de tauliers, s'assirent en me proposant un verre.

« Alors, Bonnet ? » me lancèrent-ils sans ambages. Alors ? Alors je pris le temps de leur expliquer ma vérité avec une froide colère. Notre historique, nos liens et ce qui les avait défaits. Sans en rajouter. Il ne faut pas jouer avec ces gens-là.

« En plus, il affirme être le parrain de votre fils... »

Sur l'instant, je ne pus réprimer un rire nerveux qui les étonna. Je tombais des nues, Martin n'était pas baptisé.

Avec cette implacable précision, ils saisirent toute la rouerie du personnage et en savaient désormais assez. Fusa une dernière question sur un ton badin : « Alors, on fait quoi ? » Ça, répliquai-je posément, ce n'était pas à moi d'en décider. À eux de voir. Pour moi Bonnet n'existait plus.

Pendant mon « entretien », jamais le mot « Élysée » n'avait été prononcé, il n'avait été fait aucune allusion à ma relation avec Claude. C'était comme un nuage dans l'air. Puis, soudain, arriva M. Paul, le croupier de Prague. Il s'excusa presque de m'avoir fait convoquer, m'expliqua, affligé, que Bonnet l'avait soulagé de 200 000 francs, 20 briques. Sans nouvelles de lui, il avait décidé d'employer les « grands moyens ». Le temps d'un ou deux verres et de quelques confidences, il comprit que je n'avais rien à voir dans leur embrouille. Je repartis en maudissant Bonnet d'avoir cherché à se protéger derrière mon fils.

Plus tard, dette remboursée – je préfère ne pas savoir comment –, Bonnet embringua plusieurs membres du PSG Judo dans la scabreuse « affaire Travelstore ». Elle fit grand bruit à l'époque. Ce n'était pas faute d'avoir alerté mes « poteaux » de ce que je pressentais et qui se produisit : dépôt de bilan, faillite, liquidation judiciaire, la totale. Tous y perdirent des plumes. Et c'est à distance et goguenard que j'assistai à la débandade.

Bonnet, dans les derniers temps, fut impliqué dans une sombre affaire de bateaux de pêche à la crevette à Madagascar. On me rapporta qu'il avait dû fuir le pays en toute hâte pour échapper à une mort violente. J'appris aussi qu'il en était arrivé à escroquer ses proches : il avait hypothéqué en douce la maison de sa mère, signé des chèques en bois du compte de son fils et tapé dans les contrats bancaires de son frère en usurpant son identité. La classe…

2000 ou 2001, je ne sais plus, je traverse le bois de Boulogne. À un feu rouge, par hasard, le frère d'un ancien cador des mi-lourds s'arrête à ma hauteur. Il descend sa vitre : « Oh, Thierry ? Tu as appris la nouvelle ? Bonnet est mort ! » Aucune réaction, cette annonce me laisse de marbre. Pour moi, il y avait longtemps que Bonnet n'existait plus. Ce camé à la basse arnaque s'était effondré d'une crise cardiaque, acculé, reclus et abandonné. Avec lui, j'avais visité quelques-uns des compartiments les moins glorieux de l'âme humaine. Quel gâchis !

10

Casting

Adolescent, j'ai eu des idoles, comme tous les gamins. Ces stars qui font rêver et sur lesquelles on projette tant. Ma star à moi c'était François Cevert, pilote de Formule 1, coéquipier de Jackie Stewart chez Tyrrell. En octobre 1973, Cevert se tua aux essais du dernier Grand Prix de la saison à Watkins Glen aux États-Unis. En larmes, je décrochai ses posters qui tapissaient ma chambre.

J'avais aussi une grande admiration pour Jean-Pierre Rives, « Casque d'or », capitaine du XV de France, et pour Guy Drut, étoile olympique de l'athlétisme. À une époque de grande pénurie (l'équipe de France de foot ne se qualifie ni pour la Coupe du monde 1970, ni pour celle de 1974), ces deux sportifs français nourrissaient notre imaginaire. En judo, je suivais assidûment non seulement Jean-Luc Rougé, premier Français champion du monde, mais aussi toute l'équipe avec un faible pour la teigne Jean-Jacques Mounier chez les super-légers, comme moi. En musique, en plus des Stones et des Pink Floyd, les artistes français composaient une playlist – terme inconnu alors – éclectique qui mêlait les « anciens » (Brassens, Ferré et Moustaki), les « confirmés » (Dutronc, Gainsbourg, Julien Clerc) et les « nouveaux » (Cabrel et Balavoine). Côté cinéma, j'adorais Claude Sautet, sensible à ses chroniques de vie, et Bertrand Blier qui secouait le classicisme français. La fraîcheur de la troupe du Café de la Gare m'enthousiasmait et j'ai le souvenir impérissable de mon premier spectacle, en 1976, à l'Élysée-Montmartre. Coluche, entouré de Balasko, Lhermitte, Lamotte, Lanvin, Clavier et d'autres, jouait dans *Ginette Lacaze*, farce hilarante et improbable.

Tous ceux-là vous remuaient le cerveau. Comment résister, ado, entre 1972 et 1978, au vent de liberté qui vous soufflait aux oreilles, aux notes et aux textes de Maxime Le Forestier, d'Higelin ou de Renaud, déjà. Comment ne pas s'identifier aux personnages des *Valseuses* et leurs embardées folles, joués par Miou-Miou, Depardieu et Dewaere. En 1976, dans ma banlieue, je pris *F comme Fairbanks* en plein cœur, déchiré par le destin malheureux du héros du film de Maurice Dugowson. Et scotché, comme lui, par le charme absolu du minois de Miou-Miou. Elle me plaisait tellement que j'avais collé sur mon armoire une photo du tournage de *D'amour et d'eau fraîche*. Elle posait avec Julien Clerc qui portait des lunettes rondes, et elle, son plus joli sourire. De mon matelas posé par terre, je rêvais. Mais, lumières rallumées et son coupé, ma vie de simple écolier-judoka me ramenait sur terre.

Quelques années plus tard, ma notoriété naissante fut mon passeport pour accéder à ce microcosme et j'y plongeai avec délice. Au Palace d'abord, rue Montmartre. Sorte de paquebot géant, il vous faisait traverser les nuits dans des tempêtes colorées. Des collègues judokas veillaient à l'embarquement. Pour le dire de manière moins lyrique, ils faisaient videurs. Fabrice Emaer, fondateur et grand ordonnateur du lieu, nous couvrait de ses largesses, et au bar du premier Claude et Julien veillaient à notre confort. Ce devait être leur contribution au soutien du sport français, et mes « frères » et moi pouvions nous encanailler sans bourse délier. Très homosexuel, Emaer régnait sur une autre boîte, Le Sept, réputé pour ce penchant affirmé. Jamais il ne profita de sa position de « mécène des verres », respectant notre basique hétérosexualité. La générosité dont il faisait preuve à notre égard ébranlait les plus bourrins d'entre nous. Pour le remercier, on lui offrait du caviar. Oui, du caviar ! Des boîtes de cent vingt-cinq grammes ou de cinq cents grammes, sévruga ou d'osciètre, rapportées de Russie, de Pologne ou de Bulgarie. On en revenait les sacs vidés des fringues échangées contre les boîtes bleues frappées du sigle de l'esturgeon. D'où une angine carabinée attrapée à Moscou en 1978 alors que la température frisait les moins vingt. Il ne me restait qu'un fin costume et je gelais sur place. Les ruses pour franchir la douane étaient des plus folkloriques et parfois un de nous se faisait pincer. Il abandonnait alors, dépité, le fruit de ses trocs. En revanche, en passant cette épreuve et revenus à bon port, on refourguait nos boîtes dans tout Paris et nous n'avions aucun scrupule à cette joyeuse contrebande.

Que de nuits effrénées au Palace. Ceux qui ont connu savent ; les autres peuvent taper « Palace années 1980 » sur leur moteur de recherche préféré, ils comprendront. Un des piliers du Palace n'était autre que Thierry Le Luron, imitateur génial de cette décennie. On pouvait même le qualifier de polémiste. Dans des sketches affûtés, il ciselait avec entrain tout le personnel politique en place. Surtout la gauche au pouvoir. Au Palace, Thierry pouvait s'adonner librement à son sens de la fête et à ses préférences sexuelles, alors que, à la ville, il incarnait le jeune gendre idéal, portant sagement raie sur le côté et costume croisé. Ceinture marron de judo, il avait une vraie admiration pour notre petite troupe de champions noctambules. Il était beaucoup plus « rock and roll » que l'image qu'il voulait bien donner. Plus d'une fois, j'ai dû le ramener, prenant le volant de sa Bentley. Il tentait bien des approches un peu balourdes quand nous arrivions dans son immense appartement, avenue Montaigne ; une vraie expérience pour moi de découvrir la pression qui peut peser sur les filles. Mais je ne m'offusquais pas de ses manœuvres jamais insistantes. Thierry, c'était vraiment un « bon mec ». En 1986, il sera le premier homme public français à décéder d'une maladie qu'on n'osait pas nommer sida.

Et puis il y eut l'Élysée-Matignon. Magnifique lieu de la nuit, cette boîte avait la particularité d'être très sélective. Quand je pense qu'aujourd'hui ce lieu mythique est devenu un magasin qui vend assiettes et couverts, même en cristal, je suis défait... Tony, petit et râblé, et Bruno, grand et avenant, faisaient le tri sur le seuil. Jean-Yves vous recevait avec chaleur au restaurant. Les grands noms du show-biz venaient s'y détendre sous l'éclairage doux des lustres à six branches en porcelaine de Venise. Jeannot, lui, régnait sur son pré carré, le bar. Au sous-sol, tables et tabourets, rouge et noir, cernaient une petite piste de danse. Façon *Fièvre du samedi soir*, tout en alu, elle accueillait les déhanchements des plus belles filles de Paris. Sans oublier l'essentiel, le carré VIP. Très prisé, en surplomb, il dominait l'espace. Et c'est là, un soir de début d'hiver 1980, que j'ai fait une rencontre décisive.

De loin, une main inconnue me fait signe de la rejoindre. Surpris, j'avance et je tombe sur Julien Clerc et un ami qui me proposent de prendre un verre. Julien me met de suite à l'aise en me félicitant pour mon titre mondial. Il a tout suivi, collé à la télé avec Miou-Miou, sa compagne. Passionné, il m'interroge en détail sur ma vie de sportif. Du haut de mes vingt ans, c'est fascinant. Julien ne peut se douter des heures passées à me saouler de ses mélodies, de sa voix, de ses mots. Dans le bruit assourdissant du tempo de la boîte, nous devisons en tête à tête, comme le feraient deux vieux potes. Mais pendant qu'il m'écoute, attentif, une image s'immisce déjà en arrière-plan. Celle de Miou-Miou, mon actrice sublimée. Mon ami Péri, aux premières loges, me regarde intensément comme s'il connaissait la suite. Sur un petit nuage et dans un silence complice, nous rentrons à Saint-Maur. Je viens d'emménager dans un joli rez-de-chaussée où m'attend, endormie, Agnès, mon amour de jeunesse. Six mois plus tard, nous serons en plein déchirement. Ensemble depuis nos seize ans, nous ressentions, en grandissant, le besoin irrépressible d'un changement d'air. Avec Agnès, j'ai connu toutes les premières fois de l'amour : émoi, excitation, promesses. Et les brûlures de bonheur et de douleur. Les larmes aussi, la jalousie et le manque. Et les toujours. Nous quitter était déchirant et, à chaque fois, nous repoussions l'échéance.

Titre olympique en poche, la rentrée de septembre 1980 fut éclatante. Si les mômes de mon âge préparaient la fac, mes potes et moi écumions les nuits parisiennes. C'était nos vacances, bien méritées, après l'intensité des stages d'été. Ma notoriété nouvelle nous ouvrait toutes les portes. Pilier de l'Élysée-Matignon, je devins bientôt assidu chez Castel, nouveau terrain de jeu. Les plongées nocturnes de ce début d'automne m'initieront aux plaisirs de l'alcool, inconnus jusqu'alors. La découverte de la vodka-Get fut une révélation. J'avais besoin de « couper », de souffler. De penser à autre chose. Et même, de passer à autre chose. Après trois années en judogi et survêtement, je me délectais de la superficialité reposante du monde d'ailleurs. Ayant tiré un trait définitif sur ma première partie de carrière, je ne savais absolument pas de quoi serait fait l'avenir. S'ouvrait une nouvelle olympiade, quatre ans à tenir jusqu'à Los Angeles. Il allait falloir me réinventer dans ma nouvelle catégorie, celle des moins de 65 kilos. À l'époque, un seul combattant par catégorie était sélectionné pour les championnats internationaux. J'avais donc l'obligation de m'imposer rapidement. Et personne ne me ferait de cadeaux. Ni les types déjà en place, ni la fédération qui prendrait sans états d'âme le meilleur. Normal. Mais pour tout ça, on verrait plus tard. Le temps était à la fête.

Début octobre 1981, affalé comme à mon habitude maintenant à l'Élysée-Matignon, je me redresse d'un bond en voyant arriver l'ami qui accompagnait Julien Clerc quelques mois auparavant. « Il va bientôt chanter pour Amnesty International. Un grand concert caritatif, à la fin du mois à Pantin. Appelle-le. Avec Miou, ça leur fera vraiment plaisir de te voir. » Et il me tend le numéro de téléphone du château des Gouttes où Julien vivait, en famille. Je plie avec soin le morceau de papier où s'alignent les huit chiffres magiques.

Le lendemain, je compose le numéro en priant pour tomber sur Julien. Mais c'est quand même « spécial » d'appeler quelqu'un que vous ne connaissez pas pour le solliciter. Au bout du fil, une personne m'informe que, non, monsieur Julien n'est pas là. Mais avant que je puisse glisser un mot, je l'entends porter la voix : « C'est un monsieur Rey pour Julien », puis : « Je vous passe madame Miou-Miou. » Alerte à bord. Dans dix secondes je vais me retrouver en « voix à voix » avec l'objet de mes fantasmes d'ado. Sur son

« Allô oui ? » un peu sec, je m'embarque en m'embrouillant. Plus elle m'écoute, plus je m'enfonce :

« Le concert… le copain… appeler Julien… pour les places… »

N'importe quoi ! !

« Julien est à Paris, vous n'avez qu'à le joindre là-bas. Merci. »

Et pan ! Elle me raccroche au nez.

Une douche glacée aurait eu le même effet, gêné de ma naïveté à tenter un coup pareil et tétanisé de m'être fait jeter.

Le lendemain matin, tôt, sonnerie dans la maison. Encore au fond des draps, j'entends la voix d'Agnès : « Oui, ne quittez pas. »

Elle vient me chercher, regard en biais et ton neutre :

« Tiens, il y a une fille pour toi.

– Une fille ? Quelle fille ?

– Elle n'a pas donné son nom. »

Dans mon oreille maintenant, une voix fondante me fait :

« C'est, Miou-Miou… »

Blanc ! Mais elle reprend déjà en me disant qu'elle est vraiment désolée pour hier et qu'elle tient à s'excuser d'avoir été désagréable. Elle n'avait pas compris et elle a ensuite cherché comment pouvoir me joindre. Je réponds en riant bêtement que tout ça n'est pas grave. « Eh oui, rajoute-t-elle, on se verra au concert. » Bisous, au revoir. En raccrochant, j'aurais pu voler !

Lundi de concert. Il a été convenu que je rejoigne le couple. À l'heure dite, je me gare près des Champs.

Tendu par le trac, je piétine, quand je la vois enfin arriver tel un ange. Elle irradie, enroulée dans les couleurs vives de son écharpe, manteau tout doux et demi-bas de laine bariolés qui montent au-dessus du genou, par-dessus un jean. Mais je fais mon ténébreux. Je sais me tenir, même quand ça chauffe intérieurement. Elle me regarde droit dans les yeux et me sourit. Échange rapide de banalités. Julien arrive, me salue, déjà concentré. Et vite, en route direction la Grande Halle de la Villette.

La soirée se déroule comme dans un songe. Au menu, les plus grands se succèdent, et pour pouvoir apprécier, on nous place, Miou et moi, dans la coulisse, avec vue directe sur la scène. Plusieurs fois, nos regards se croisent. Puis la voix chaude de Julien s'élève et nous envahit. Ceux qui sont déjà passés sur scène rient et parlent fort. On les sent heureux d'être là ensemble. Un peu à l'écart du groupe, je me fais discret, mais pas moins subjugué par celle qui m'aimante.

Concert terminé, on décide, comme une évidence, d'aller finir la soirée à La Ciboulette, chez Coffe. C'est qui ce Coffe ? La joyeuse bande s'ébroue, de Renaud à Balavoine en passant par Maxime Le Forestier et d'autres. Durant le dîner, je passe à la moulinette des questions. Au début timide, je m'enhardis pour leur décortiquer le Japon, la finale des Jeux ou les régimes. Et je peux juger de la fascination que ces artistes ont pour le sport et les sportifs. Au détour d'un regard, je replonge dans celui de l'ange blond, attentive. Soirée pliée, je ramène le couple à la porte de leur hôtel et nous nous promettons de nous revoir.

Trente-cinq ans plus tard, en mode elliptique, je ne garde que l'essentiel, un même coup de foudre. Une implacable évidence nous emporta pour cinq années trépidantes. La puissance de notre rencontre forgea, en grande partie, tout ce qui allait se décider pour moi, la seconde partie et la fin de ma carrière, et aussi mon virage vers ailleurs.

11

Tournage et clap de fin

Rapidement, on n'a plus pu se passer l'un de l'autre. Alors je fonçai. J'avais rompu avec Agnès et j'osais beaucoup pour être à la hauteur. Malgré toutes nos différences – milieu, fric, âge, condition –, j'étais prêt à être son mec. Et je le devins. Rêver éveillé vous donne de la force et une belle inconscience.

Dans mon milieu, me voir filer le parfait amour avec une « star » en interpellait bon nombre. Beaucoup s'interrogeaient sur ce petit miracle. D'autres trouvaient que, finalement, ça avait du bon de sortir des tatamis. Je croisai aussi quelques regards dédaigneux, du genre : « Pour qui il se prend ? » Mais mes « frères » étaient heureux pour moi et protecteurs avec elle. Petit à petit, chacun s'est fait à sa présence, elle qui n'hésitait pas à me suivre, spectatrice discrète, en stage.

Miou s'attela assez vite à revisiter ma garde-robe. Je partais de loin, avec chemises à manches courtes, jeans étriqués et baskets aux pieds, qu'il neige ou qu'il vente. Je portais maintenant Chevignon ou Kenzo et mes Repetto blanches, comme Gainsbourg, intriguaient mes congénères. Certains se demandaient même si je n'avais pas enterré ma virilité au fond du bois de Vincennes. Mais ces évolutions signifiaient plus qu'un changement de look. Grâce à Miou, j'actais ma pleine entrée dans l'âge adulte. Je fis mes premiers pas en société, notamment artistiques. Les dîners, les tournages se révélaient autant d'occasions de rencontre avec d'autres genres de champions. Ceux du verbe, de la mélodie, de l'humour ou de l'imagination. Et la découverte de la finesse d'une pensée, de la subtilité d'une phrase ou de la profondeur du jeu. Je n'étais pas l'enfant sauvage. Mais les épaisses habitudes de vie en communauté du judoka obligeaient à quelques efforts d'« ouverture ». Miou a été mon égérie.

En quittant la citadelle Insep pour m'installer avec elle, j'ai eu l'impression de franchir le Rubicon. Pour le meilleur et pour le pire. Le meilleur, l'amour et le nouveau monde que Miou m'offrait. Le pire, le confort, la gangrène du sportif de haut niveau, en ces temps. De manière primaire, pour nous, judokas, tout s'étalonnait au « minimum syndical » et on n'habitait pas dans le 8e. Trop loin, trop bourgeois, trop chic. On voyageait au cul de l'avion et on dormait à huit par piaule, en lits superposés. Comme dans nos centres d'entraînement à Gap ou Chamonix. Nous combattions avec nos propres kimonos que chacun s'achetait encore. Mon système honnissait l'agrément et l'aisance.

Nous vivions notre passion dans l'anonymat des entraînements. Et ce pendant des mois. Et tout d'un coup, les spots s'allumaient pour les rendez-vous majeurs, les « France », les « Europe » ou les « Monde ». Parfois, un entrefilet pour un tournoi gagné. On pouvait lire page 19, en bas à droite : « Judo. Le jeune Thierry Rey s'impose en Hongrie. » Nos potes journalistes, télé ou presse écrite, faisaient le max pour assurer notre promotion. Mais le judo, « petit sport », était peu vendeur. Le moindre tennisman avait les honneurs d'un quart de page au lendemain d'un premier tour, qu'il gagne ou perde. Plus souvent la seconde option. Le footballeur, pareil, s'il souffrait d'une écorchure au petit doigt de pied. Comme aujourd'hui. Les sportifs ne sont que l'objet du milieu dans lequel ils évoluent.

Mon vrai luxe ? Miou m'acceptait tel que j'étais, sans réserve, moi le jeunot mal dégrossi, qui n'avait ni les codes, ni les clés. Rapidement, à ses côtés, j'ai découvert les dessous de son univers, moins glamour qu'il le laissait paraître. Au-delà des images de bonheur sur papier glacé, des rires enjoués lors des promos de sortie de film, ce métier d'acteur me révélait sa complexité. En plus du talent, il fallait : le bon agent, le bon film, le bon contrat, le bon rôle. Une fois engagé, le bon partenaire, le bon plan, la bonne scène gardée au montage. Puis, pour la sortie, la bonne place sur l'affiche, le bon attaché de presse, la bonne émission promo, la bonne critique. Tout cela acquis, il fallait de bons chiffres d'entrées. Et vite trouver un bon projet pour enchaîner. Miou, solide et spontanée, se préservait de ce jeu-là. Elle le combattait même avec conviction. Jusqu'à ne pas aller chercher son césar, décerné pour son rôle dans *La Dérobade*. À fleur de peau et déterminée, elle estimait que le cinéma n'avait pas à produire de vainqueurs. Beaucoup la considéraient comme un vilain petit canard, la grande Romy en tête. Miou, ça ne l'empêcha pas d'être nominée dix fois pour la statuette, tant la profession reconnaissait son talent.

Je lui fis rencontrer mes « frères » judokas, dont elle aimait les valeurs et la joie de vivre. De son côté, elle m'emmenait partout. J'ai connu ainsi la rue Gazan, chez Coluche. Ensemble, avec Romain Bouteille et une petite troupe, ils avaient créé, en 1968, le Café de la Gare. Et c'est là, tout jeunes, qu'ils s'étaient aimés. Chez Coluche, c'était table ouverte et service continu. Je me régalais des loufoqueries de sa bande. Ça picolait sec et les pétards tournaient dans une ambiance taquine et délurée. En 1985, lancement des Restaurants du Cœur. Avec quelques amis, nous organiserons un mémorable tournoi de foot en salle, à Saint-Ouen. Artistes et sportifs mêlés viendront tâter du ballon, sous le parrainage de Coluche, irrésistible en gardien de but improbable. En 1986, en stage de judo en Guadeloupe, j'apprendrai son accident mortel à la radio. Rougé, qui conduisait, s'arrêta à la hauteur d'une cabine pour que j'appelle Miou. Même si, à ce moment-là, notre histoire s'éteignait doucement, je la rejoignis dare-dare.

Durant notre idylle, je n'ai cessé de m'entraîner, avec les Jeux de Los Angeles en point de mire. Mais, dès que je le pouvais, je la retrouvais sur ses tournages. Chaque fois, un bonheur. D'abord, de l'accompagner dans ses aventures. Puis, de prendre des leçons de jeu d'acteur. Je me faisais petit dans un coin du plateau et tout à coup le grand cri s'élevait : « Sileeeence partouuut… Action ! » Et Miou, Depardieu, Carmet, Bonnaire, Eddy Mitchell et tant d'autres ciselaient leurs répliques pour que les scènes prennent vie et couleurs.

Sur *Coup de foudre*, Miou et Isabelle Huppert oscillaient entre émulation et tension, justifiées par le scénario de Diane Kurys. Comme l'affrontement de deux ego de championnes. Chaque soir, Miou répétait ses scènes. Je lui donnais la réplique, « jouant » tous les rôles. Un jeune acteur, classieux et irrésistible, tenait le rôle de son mari, Jean-Pierre Bacri. Jean-Pierre portait déjà son œil acéré sur les travers de notre société.

De 1982 à 1986, j'écumerai les plateaux arpentés par ma belle, m'incrustant, loin des paillettes, au cœur de ses journées ouvrières. Sur un tournage, le temps est compté, le plan de travail doit être respecté. Chaque élément est essentiel, la scripte, le décorateur, la maquilleuse et le premier assistant. Et d'autres. Et tous. Comme à « Un, deux, trois, soleil », chacun s'immobilise dans un profond silence au signal « Action ». Puis, dès que c'est en boîte, au « Coupeeeeez », tout s'anime et s'accélère. Chaque corps de métier, comme un orchestre vivant, y va de sa partition. Voir Miou jouer sous la direction de Georges Lautner ou Bertrand Blier relevait du privilège pour l'amoureux du cinéma que j'étais. Une idée commençait à germer en moi. Pour plus tard. Pour après.

L'été 1983 démarre le tournage de *Canicule*, d'Yves Boisset, au fin fond du Loiret. Norbert Saada, grand producteur, a réuni un casting de premier choix : Miou, Jean Carmet, Victor Lanoux, Bernadette Lafont. Joli coup aussi avec Lee Marvin, acteur oscarisé, qui a accepté de venir jouer dans la Beauce. Sacré champion d'Europe en mai, je me prépare déjà pour les Jeux méditerranéens. Dans une chaleur étouffante, emmitouflé comme à mon habitude, je me lance dans de longs footings, sur le bitume beauceron, sous le regard ahuri de l'équipe du film.

Septembre 1983. S'ouvre la saison olympique. Pend à mon cou la dernière médaille d'or officielle qui me manquait, celle des Jeux méditerranéens décrochée au Maroc. Mi-octobre, j'enchaîne avec le stage préparatoire des mondiaux de Moscou. Je le traverse sur un petit nuage, je me sens « énorme ». La chute n'en sera que plus douloureuse. Je fais deux tours dans mes baskets, dix mois avant les Jeux. Plusieurs fois déjà, j'avais frisé la correctionnelle. Demi-finale des « France » 1982, contre Jean-Pierre Hansen, grand gaucher accrocheur. Pour moi, une vraie peste. À treize secondes de la fin, j'avais tellement dégringolé que mon tableau de marquage clignotait tel un sapin de Noël. En remettant mon judogi avant le dernier assaut, je m'étais persuadé : « Impossible ! Tu ne peux pas perdre ton titre. » Dans l'énergie d'un uchi-mata d'un autre monde, sous les huées d'un public qui se régalait de ma défaite inéluctable, j'avais incrusté Jean-Pierre. À sept secondes du gong.

1984 fut la dernière année, douloureuse, de mon septennat en équipe de France. Depuis les minimes, plus d'une décennie, j'avais beaucoup donné. «Donné» et non pas «sacrifié». C'était un chemin librement consenti et j'avais aussi beaucoup reçu. Pour dire simple, qu'aurais-je fait sans le judo? Mais, avec un palmarès en béton armé et après avoir coché toutes les cases des titres officiels, chaque saison nouvelle n'était qu'une redite de la précédente. J'avais l'impression de vivre *Un jour sans fin,* film dans lequel Bill Murray se réveille chaque matin dans le même jour que la veille. Mon corps, à presque vingt-cinq ans, se mettait à tousser comme une vieille bécane. Et même en m'investissant, je commençais à avoir des envies d'ailleurs. Le rideau des adieux tombera aux championnats de France, en mars 1984. Au troisième tour, je me fais sortir par un junior sous les sifflets du public de Coubertin. Le même qui hurlait mon nom un an plus tôt pour ma victoire au championnat d'Europe. Je dois reconnaître que ça pique un peu. Sur le podium, troisième, sensation inédite, je félicite Marc Alexandre, nouveau champion de France. Marc est logiquement sélectionné pour les «Europe» en Belgique. Pour la première fois depuis sept ans, je reste à la maison. Le samedi 5 mai, vers 17 heures, j'apprends la nouvelle, d'un bref coup de fil. Marc vient d'être sacré champion d'Europe. Il sera donc logiquement titulaire aux Jeux. À la seconde, ma décision est prise. Me tournant vers Miou, je lui dis:

« C'est fini… j'arrête.

– Pardon ?

– Marc vient de gagner. C'est lui qui va faire les Jeux. J'arrête le judo. »

Je ne sais pas si je dois rire ou pleurer. Et si j'éprouve soulagement ou haine. Sûrement un peu des deux. Pour stopper net le pathos, je vais chercher une bouteille de champagne pour « fêter » ça. À l'instant, une partie de moi vient de mourir. J'appelle Tchou qui, lui, a raccroché depuis presque un an. En route pour le stage préparatoire pour les « Monde » de Moscou, il a soudain fait demi-tour vers Marseille pour un arrêt définitif.

Le lundi suivant, le coup de téléphone au directeur de la fédération, Pierre Guichard, est moins fraternel. Dans un premier temps, il tente vainement de me convaincre en me proposant le statut de remplaçant. Son argument ? « On ne sait jamais, il y aura peut-être un coup à jouer, si Marc se blesse. » Puis, il acte finalement ma décision par un sobre communiqué à l'AFP. Je fais dans la foulée quelques interviews pour les 20 heures, vêtu d'un blouson à l'effigie de Mickey. Un contraste dissonant avec le ton tristounet, joué ou pas, des journalistes, désolés que je lâche à trois mois des Jeux.

À bien y regarder, ce fut mon luxe que de choisir ma date de sortie. Sans attendre que l'on me mette dehors ou d'être totalement dépassé. À vingt-cinq ans, le Rey était mort, vive le Rey !

12

Lost in transition

La petite mort du sportif existe, je l'ai vécue. Et je sais même ce qu'il y a après. Pour moi, que du mauvais ! L'année et demie à venir va me secouer comme dans un shaker. Et pourtant, ça commence tout doux.

Avec mon arrêt définitif vient le temps des grandes vacances. Pas celles d'été, mais celles des quatre saisons. Protégé par mon contrat « Kimono », je peux souffler après sept années au taquet. Sans regrets, je mets fin à mes allers-retours insépiens et je me consacre à... rien ou pas grand-chose. Ou à l'essentiel, la famille, les amis, les sorties avec les potes. Parfois un déplacement, une démonstration, mais, sans projets clairs, je profite de ma longue période de fainéantise régénératrice. Retraité à vingt-cinq ans n'a jamais constitué un avenir et quand la « bise fut venue », à la fin de l'automne, l'ennui commença à poindre. Les mois continuèrent à filer et, insidieusement, l'insouciance fit place à l'incertitude et à une forme d'insécurité. Depuis plus d'un an, je suis au seuil d'un nouveau monde, médailles en bandoulière mais sans cartes ni boussole. Je sais exactement ce que je ne veux pas – entraîner, par exemple. Et mon seul projet est de continuer à vibrer. Mais où, comment, avec qui, je n'en ai aucune idée précise. Pour compenser ou évacuer, je me réfugie dans les vapeurs de la nuit et nous sortons beaucoup. Et Miou rentre de plus en plus souvent seule et moi de plus en plus tard. Mon excuse ? Une raison ? Je rattrape le temps que je pense avoir perdu lors de ma trop sage et saine jeunesse. Alors j'y mets tout mon cœur, qui s'emballe parfois sous le grand n'importe quoi ingurgité. Rentré au bercail à l'aube, je tombe comme une masse ou je tourne en rond, dans le salon, en silence, en sueur et mâchoires serrées, attendant que s'estompent les effets des produits qui se voulaient festifs. Et, au fil des mois, ça tangue sévère. Tout m'échappe. Mon assurance, ma pêche, ma foi en moi-même et en l'avenir. Il faut que je renaisse. Seul. Je ne me résous pas au statut de M. Miou-Miou, ancien champion, compagnon de star, dans lequel beaucoup me cantonnent. Elle, il faut qu'elle avance, qu'elle assume ses deux grands rôles, mère et actrice. Nous réussirons à la préserver longtemps, longtemps, notre amitié, pendant des années. Et puis, ce salaud de Ferré et sa chanson pourrie ont gagné. Seuls les liens dus aux enfants peuvent battre Léo Ferré, traverser le temps. Et encore.

Ce bout du bout amoureux déchirant va bizarrement me donner la force de déclencher un autre changement radical. Car, quitte à se réinventer, autant faire la totale. Après des mois de fêtes, de découvertes et d'expérimentations, mon corps, fatigué de ces incartades, tambourine un soir pour me signifier que, les conneries, ça suffit maintenant. Il m'envoie aux urgences pour calmer l'emballement.

« Nom, prénom ? me fait l'interne de garde en me dévisageant.

– Rey Thierry.

– Et vous venez pour quoi ? »

Je lui explique que j'ai dû dépasser la dose pas prescrite et qu'il semble que ça ne me réussisse pas du tout. Pour toute réponse, il me lance : « Thierry Rey ? Le judoka ? Eh bien, dites donc, monsieur Rey, on dirait que ça se passe bien votre reconversion ! » Cette phrase du jeune médecin, assenée dans un sourire ironique genre « Petit con, arrête de tout gâcher », est le plus efficace des électrochocs. Et met un terme définitif à mes festivités nocturnes.

1987. L'appel de Dominique Besnehard retentit tel un coup de tonnerre salvateur dans ma vie de retraité. L'agent le plus en vogue de la place de Paris s'est mis en tête de me faire débuter comme acteur et chaque fois qu'on le croise il m'affirme : « Je vais te trouver un rôle. » Miou, toujours présente et attentive, ne le décourage pas. Salvateur ? Rédempteur, oui ! Évidemment, à force de fréquenter les plateaux, de parler cinéma avec les débutants Lindon ou Bruel, ou avec ceux qui percent, Bacri ou Darmon, je crève d'envie moi aussi de jouer. Passion restée inavouée. Alors quand Dominique, de sa voix traînante – « Ché

Domiiiiniiique » –, m'annonce qu'il m'a dégoté un casting important, une excitation de vainqueur m'envahit. À l'heure dite, un peu intimidé, je salue le metteur en scène Denis Amar. Trois cabrioles suffisent pour lui démontrer ma forme physique. Un petit passage devant une caméra pour un gros plan statique, et c'est fini. Je n'ai pas droit au mythique : « Merci, on vous rappellera », mais tout juste. Quarante-huit heures plus tard, Dominique m'apprend que j'ai décroché le rôle. Une sélection au championnat du monde ne m'aurait pas fait plus plaisir.

Mon premier tournage s'apparente à une épopée. Un budget colossal est englouti pour raconter l'histoire de deux types, rivaux, encerclés dans un cinéma par une horde de voyous en furie, alors qu'ils se disputent la même femme. Décors somptueux construits sur les falaises de l'île de Madère, au large du Portugal, casting béton avec Michel Serrault et Wadeck Stanczak, jeune premier du moment, et, en prime, la musique de Philippe Sarde. Pour moi, la panacée : vingt-sept jours de tournage, dix phrases de texte, des cascades à tout va, une blessure à l'œil qui me vaut un court rapatriement à Lisbonne, un joli cachet, la découverte de la musique de Prince et une bonne raison pour me lever le matin. Et surtout, surtout, mon dépucelage cinématographique avec *monsieur* Michel Serrault. Lorsque vous jouez la première scène de votre vie avec un monstre sacré, vous n'en menez pas large. Même si c'est vous qui interprétez le méchant. Car bien évidemment, le « chef de la horde », c'est ma pomme ! Il est sympa avec moi, Serrault. Dans une scène où il doit me mettre une gifle, je sens bien qu'il n'ose pas, qu'il se retient. Ce n'est pas crédible et on perd un temps fou. Je lui dis : « Allez-y, Michel, n'ayez pas peur, bordel ! Frappez-moi ! », et il rit en répliquant : « Mais non, euuuh ! Mais enfin… ça ne va pas ! » Le titre du film ? *Ennemis intimes.* Il sort le 9 décembre 1987, et intime, il le restera, en faisant un bide mérité. Franchement, c'était nul. Mais, mordu, je suis bien décidé à me faire une place sur ce nouveau terrain de jeu.

13

Être ou ne pas être

Pendant cinq ans, je vais m'escrimer à me prouver que ce métier est fait pour moi. Et j'en explorerai toutes les facettes avec quelques bonheurs et beaucoup de désillusion. Jouer est un exercice merveilleux. Plonger dans le regard d'un ou d'une partenaire, lui tendre l'intention et aller chercher l'intonation sur laquelle il ou elle s'appuiera pour mieux vous répondre, donner vie à des mots coincés entre les guillemets, tous ces challenges faisaient la saveur de cette nouvelle voie. À vingt-huit ans, j'étais prêt à tout encaisser pour apprendre. Mon passé sportif était un vrai atout quand il fallait se concentrer avant d'aller « performer », cinq ou six fois dans la journée. Comme en sport, le corps est votre instrument et, avec les mots, il vient composer le caractère d'un personnage.

Après Madère, Serrault me fit le cadeau de m'emmener sur son film suivant, *Bonjour l'angoisse,* comédie loufoque de son complice Pierre Tchernia. Cinq jours de tournage. Bonnard ! Je ne devais pas être trop nul, alors ! Petit moment de trac lors de mes scènes avec Bacri. Je ne voulais pas le décevoir alors qu'on riait beaucoup au Potager des Halles, resto foisonnant d'artistes. Moins drôle, découverte du pensum d'avoir à ingurgiter des tartines de texte, donc retrouvailles avec une forme de rabâchage scolaire. Mais une appropriation indispensable. Mon rôle ? Un voyou !

En poursuivant la comparaison sportive, il faut bien que je m'entraîne. Me tourner les pouces entre deux tournages, très peu pour moi. Je m'inscris donc au cours Florent, et j'ai la chance d'assister à la « master class » de Marcel Bozzuffi, grand « second rôle » du cinéma des années 1970. Le premier jour, je prends place discrètement dans les gradins garnis de jeunots, sans faire le malin, vu que je ne connais personne, et que l'inverse me va très bien aussi. Les trente-cinq minutes de son monologue nous entraînent dans les ambiances des polars en noir et blanc. Magique. Vient le temps des questions. Pour celle sur « la concentration de l'acteur », Bozzuffi se tourne, pointe le doigt dans ma direction et assène : « Pour la concentration, demandez-en la définition au grand sportif, oui... là... Thierry Rey. Lui sait ce que se concentrer veut dire. » Moi qui espérais entreprendre mon apprentissage sans être ramené au judo, et sans l'image de l'ancien champion en mal de reconversion, c'est mal barré. Marcel Bozzuffi voulait me faire plaisir, mais bye-bye le cours Florent, je n'y ai jamais remis les pieds.

C'est finalement Marie Trintignant, la magnétique, qui va jouer le rôle de conseillère d'orientation. Nous nous croisions de temps en temps. On s'estimait. J'adorais le débit de sa voix éraillée, ses yeux mi-clos, ses longues mains. Aussi son caractère décidé et sa belle intelligence. Elle était canon ! Mais pas touche, c'était hors sujet. « Thierry, tu veux jouer ? Alors, viens ! On travaille l'impro dans un cours génial. Ça t'apportera beaucoup. Viens ! » Convaincu, mais c'était facile, je rejoins Marie et ses deux camarades de jeu, Gabrielle Lazure et Yann Le Gac, ancien danseur chez Béjart. Accueil chaleureux. Nous sommes quatre maintenant pour nous donner la réplique sous l'œil avisé d'Alexis Tikovoï, le prof. Deux fois trois heures par semaine, on s'agite sur la belle estrade de son atelier. Les thèmes, les situations, les textes valsent et je suis à fond. Tellement qu'Alexis me propose de monter une pièce de théâtre en adaptant le roman de Gérard Guégan, *La Terreur*. Sujet difficile, il traite du génocide du peuple arménien en 1922. Janvier 1989, pendant cinq semaines, je ferai mes premiers pas sur une péniche du canal Saint-Martin. Blindée pour la première, la salle se vide de jour en jour malgré des critiques assez élogieuses. Un soir, alors que je déclame tête baissée, assis au premier rang, je reconnais la forme de pied de mon voisin. C'est lui, j'en suis sûr. En continuant mon jeu, je croise le regard de Bernard Tchoullouyan. Il est venu se replonger dans l'histoire de ses aïeux.

Lieu improbable, thème engagé, j'apprends la rudesse du métier. Mais tout me plaît, je joue, même devant une salle aux trois quarts vide. « Ne lâche rien, c'est dur, tu sais, le travail d'acteur ! » me dit Miou qui me suit de loin. Ça l'est d'ailleurs tellement que je vais bientôt en prendre plein la poire. Pour le moment, je tiens, mais j'enchaîne les petits rôles affligeants. Ma spécialité ? Les voyous ! Et maintenant des flics. C'est à peu près le même costume, blouson, jean, baskets. L'originalité ou la profondeur n'étouffent pas les directeurs de casting. Petit, râblé, sportif, bonne gueule, il fera un loubard parfait, ce Rey ! Ou non, tiens, plutôt le flic !

Parfois de vrais beaux projets viennent relancer une machine qui commence à toussoter à force de panouilles alimentaires. Le court métrage de Marc Esposito est de ceux-là, avec le rôle d'un père qui ne se résout pas à laisser sa petite fille à l'école chaque matin. Également, et surtout, le rôle de Benvolio, que m'offre André Serré dans son *Roméo et Juliette.* Pour relever ce défi, je me suis armé : cours de chant pendant deux mois avec la célèbre Mme Charlot. Je veux être sûr d'être entendu, même du dernier rang. Jouer Shakespeare devant sept cents spectateurs dans la grande salle du Théâtre national de Nice dirigé par Jacques Weber, ça le fait.

La nouvelle décennie 1990 est déjà entamée. Mais il est où, mon « Ugolin » ? Si j'ai bien compris que je ne suis pas Marlon Brando et même si je ne fais que « tournicoter », j'attends *le* rôle. Comme ce fut le cas pour Auteuil. C'était un grand acteur avant Ugolin, Auteuil, mais il n'avait pas pu l'exprimer pleinement. Pareil pour Christophe Lambert et *Greystoke.* En sortant de la projo, encore judoka à l'époque, j'avais dit à Miou, mi-rigolard, mi-jaloux : « Ce Lambert, il m'a volé mon Tarzan ! » C'est que j'aurais fait un singe parfait, moi. C'est la quête de chaque acteur de trouver son « Ugolin » !

Les mois passent. Ça ne décolle pas. Je rame comme un beau diable, de casting en rendez-vous, avec la désagréable impression d'endosser le costume de l'artiste incompris qui court le cachet. Pour compenser, je continue les galas de judo, avec la petite enveloppe en liquide qui va bien à la fin. Pendant un an, je serai même chargé de mission pour l'organisation des Jeux d'Albertville. Première expérience de consultant judo à Canal en 1991 pour les championnats d'Europe des clubs. J'aime bien. Mais le judo n'est pas le foot. Ce sera donc une seule fois cette année-là.

Le doute s'installe puis l'urgence. Norbert Saada saura y répondre avec toute la classe qui le caractérise. Grande personnalité à la gouaille méditerranéenne, fou de sport, nous avions fortement sympathisé quand Miou tournait *Canicule.* Dès le début du casting, il m'appelle : « Je t'ai trouvé un rôle d'inspecteur-garde du corps de Jacques Weber. Ça te va ? » Un flic ? Mais bien sûr que ça me va ! Comme un gant ! Norbert vient de m'offrir quarante jours de tournage en m'engageant sur les six épisodes de la série qu'il produit pour Canal, *Antoine Rives, juge du terrorisme.* Nous ne le savons pas encore, lui et moi, mais cette bouffée d'oxygène sera mon tremplin.

Et il dort où, le Rey, pendant toutes ces années ?

Célibataire, je quitte le 8e pour m'enfoncer dans ce qui me semble être pire, Neuilly. Je loue, rue Boutard, pas très loin du bois de Boulogne, un deux-pièces presque au-dessus du centre des impôts. Pourquoi Neuilly ? Dans l'urgence, j'ai sauté sur la première occasion quand nous avons décidé, avec Miou, que le moment était venu que je prenne de l'air. Vivre seul… pour la première fois. Je découvre l'indépendance, peut-être même une forme de liberté inconnue jusqu'alors. Après des semaines de cafard et une belle entaille au cœur, je suis happé par le retour à la vie. Et j'avoue que j'en profite beaucoup. À partir d'une certaine heure, la solitude trouve ses limites et la gent féminine, compréhensive et participative, m'aide à combler cette dernière. Je m'extasie de voir à quel point les filles aiment le judo, surtout le travail au sol. Le turn-over, dans cet appartement, tient une belle cadence et ça me permet de remplir un carnet d'adresses flambant neuf et accessoirement d'entretenir ma forme. Cette parenthèse de patachon – par revanche, dépit, connerie ? – grève fortement mes finances, déjà pas très reluisantes, et je peux vérifier ce que « solidarité » veut dire. Je trouve refuge chez l'ami Achou, mon Cachou, mon kiné en équipe de France. Il m'accueille comme une évidence dans son trois-pièces moderne au quinzième étage d'une tour qui donne sur le boulevard Brune. Et, au propre comme au figuré, Bernard me fait prendre de la hauteur. Comme beaucoup de ses confrères, il ne soigne pas que les corps mais veille aussi sur les âmes. Je passe un long séjour inoubliable chez ce complice, aussi célibataire que moi à l'époque, avant qu'il ne rencontre un bijou prénommé Sylvie. Achou, c'est un bosseur ! Il se lève aux aurores pour rejoindre son cabinet et pétrir les chairs meurtries de patients encore ensuqués. Il finit à pas d'heure mais ça ne l'empêche pas d'enchaîner sur de joyeux dîners entre « frères » ou des sorties à la chasse aux amours d'un soir. On fait croire aux filles qu'il y a un trou dans le mur mitoyen de nos chambres. Au petit déjeuner, après les présentations, l'un ou l'autre, c'est selon, fait mine de s'extasier sur les exploits nocturnes de la conquête dont la figure, outrée, vire invariablement au rouge. Son appartement a été mon havre reconstructeur. Si un prénom devait être synonyme d'ami, ce serait Bernard.

Et puis, il y a Nathalie. Nat. Un petit bout de femme, vive, au sourire éclatant et une pêche à toute épreuve. Je l'avais croisée furtivement longtemps avant, et elle était de celles, rares, qui vous saisissent au premier regard. C'est dans la cohue excitée du nouvel an des Bains Douches qu'une de ses bonnes amies m'encourage à la rappeler dare-dare. Je ne me fais pas prier. 1987 commence bien. Notre premier coup de fil n'en finissant plus, on admit, aimantés, qu'il valait mieux se parler de visu et tout de suite. Mon scooter pétaradant dans la nuit m'emmène vers Montreuil. Oh, tiens, un enfant sur un pot ! Bonsoir, Ninon, bébé constipé d'à peine dix-huit mois. La petite rendormie, nous tentons de reprendre notre discussion. Mais un irrésistible appel aux baisers nous entraîne dans sa chambre. Et nous faisons chacun, l'un avec l'autre, une fusion-acquisition. Je repars quatre jours plus tard, avec ses clés, juste le temps de prendre quelques affaires chez mon Cachou qui roucoule de son côté. Avec mon activité épisodique de « flic ou voyou » de pacotille, je peux me consacrer à fond à mon nouveau cocon. Et Nat, dès que l'occasion se présente, me soutient dans mes rêves d'accomplissement. Entrepreneuse dans l'âme, elle largue son poste de cadre sup chez Havas pour ouvrir une pizzeria… au Mans, qui, vérification faite, existe toujours. Le bar qui y trône est une pièce de musée que j'ai fabriquée moi-même. Plus d'un week-end, carnet en main, j'assure le service en salle. Je ne dis pas que ça m'emballe mais Nathalie, tellement, que j'aurais fait n'importe quoi. Enfin presque. Voulait-elle me tester en s'éloignant ? Elle attendait sûrement un engagement plus profond. Dans le champ subtil de l'amour, je ne me résous pas à la maturité. Et je passe à côté d'un essentiel. Pourquoi ce besoin de toujours courir, d'aller chercher d'autres airs ? Mystère ! Rien que d'y penser, je m'énerve de moi-même ! Trente ans plus tard, je n'ai toujours pas d'explication à cette instabilité, à ces renoncements, à ces fuites. Tous ces allers-retours au Mans congelèrent notre histoire et notre avenir, et la distance nous engloutit.

14

Barcelone 1992

Seul à présent, je traîne ma peine et le vide se fait sidéral. J'incarne Tanguy avant l'heure en allant me réfugier chez papa-maman. Heureusement qu'ils sont là car la pitance est frugale pour le flic ou le voyou de mon gabarit. Et soudain, comme après une trop longue pétole, l'air olympique va venir regonfler ma voile. Et même mon spi. Fin juillet 1992, les Jeux de Barcelone vont me booster. Pour le meilleur.

Depuis mai, grâce à Norbert, me voici garde du corps de Jacques Weber. Une incongruité. Quand on voit la masse de Jacques, on peut légitimement se demander qui protège qui. Jacques interprète Antoine Rives, un juge de fiction, mix des juges antiterroristes Alain Marsaud et Jean-Louis Bruguière. Ces deux pointures de la Chancellerie en charge des attentats sévirent pour notre bien au milieu des années 1980. Pour moi, ce rôle, aussi secondaire soit-il, est une véritable aubaine. Les quarante journées de tournage et le confortable cachet que m'accorde Norbert sont la plus belle des motivations pour jaillir hors du lit chaque matin.

C'est sur un plateau de banlieue que je reçois le coup de fil de Pierre Sled, journaliste du service des sports à Canal et ceinture noire. Avec l'accord du grand manitou Charles Biétry, il me propose de commenter les JO de Barcelone. On a déjà travaillé sur deux retransmissions lui et moi, et notre tandem fonctionne au poil. Je reçois ça comme un cadeau. Canal Plus... Lescure, De Greef, « Nulle part ailleurs », « La Grande Famille », le foot, le cinéma, les Nuls, De Caunes, Denisot, Delarue... En 1992, Canal Plus, c'est *la* chaîne !

C'est une forme de reconnaissance que d'intégrer l'équipe des consultants choisis pour le plus grand événement sportif du monde. Que des icônes. De Noah à Drut, en passant par Bouttier et Platini, pour les plus connus. Notre mission ? Offrir à l'abonné les subtilités de nos disciplines. Mais surtout le faire vibrer.

Le 22 juillet 1992, notre « dream team » s'envole pour Barcelone. À trois jours de la cérémonie d'ouverture, l'effervescence gagne la ville. Les délégations de près de deux cents pays ont déversé leurs flots d'athlètes et de cadres techniques qui se mêlent, en survêt, aux spectateurs et aux supporters. Une foule bigarrée a envahi les rues, les places, les plages. À peine arrivé, sésame de l'accréditation autour du cou, je pars découvrir sans attendre l'imposant IBC,

International Broadcast Center. C'est le cœur névralgique de la médiatisation des Jeux. Gigantesque cube bétonné, il héberge les studios des télévisions du monde entier. BBC, NHK, RTBF, NBC, ZDF, CCTV… Les acronymes mystérieux s'étalent en logos multicolores. D'énormes paraboles envahissent les toits. Les quelque quinze mille journalistes pourront ainsi délivrer images, commentaires, reportages et interviews, vers leurs pays d'origine.

Dans un dédale de longs couloirs rafraîchis par une clim trop puissante, je peine à trouver les studios de Canal Plus, puis, vite réchauffé par l'ambiance de ruche de la salle de rédaction, je me sens immédiatement chez moi. Entre techniciens qui pluggent les derniers branchements, journalistes et consultants heureux de se retrouver, l'accueil est chaleureux. Un peu à l'écart de ce vrombissement, je me mets immédiatement au boulot. À Barcelone, le judo féminin fait enfin son entrée au programme officiel. Ce sera donc une catégorie filles et une catégorie garçons par jour, des lourds jusqu'aux plus légers, durant une semaine pleine. Le tirage au sort vient de tomber. Pendant quarante-huit heures, je compare, je pèse et soupèse. Sur un grand cahier, catégorie par catégorie, je détaille les profils et me fais ma petite encyclopédie. Je remarque bien, en coin, le regard de Charles Biétry qui devait me penser plus dilettante.

À la veille du début des compétitions, il m'annonce, tranquille : « Thierry, on a changé nos plans. Demain, Pierre Sled restera en plateau pour assurer les transitions. Finalement tu commenteras seul. Tu vas très bien t'en sortir. » J'encaisse, et, sur le coup, je ne sais pas si c'est une chance ou une mauvaise nouvelle.

Après une courte nuit, bercé par les soupirs du couple de fiancés Pierre Sled et Sophie Davant, me voici en route pour le Palau Blaugrana. Cette salle omnisports, habituellement dévolue aux basket-ball et handball du prestigieux FC Barcelone, verra quelque quatre cents judokas, femmes et hommes, s'affronter pour le graal olympique. Un peu tendu, je découvre la tribune de presse, impressionnante. Je m'installe au poste de commentateur qui surplombe nettement les deux tatamis. La vue est imprenable. J'ajuste le casque-micro, tourne les boutons d'une petite télé, retour antenne. Dans les écouteurs, la régie. Une boule au ventre, je me rends compte que j'ai le trac. Mais pas le temps de gamberger. La voix de Jérôme Revon, notre jeune et talentueux réalisateur, me ramène à la réalité :

« Salut, Thierry. C'est bien Douillet qui combat dans les premiers ? Et la Française, Cicot, passera pas longtemps après, c'est ça ? »

Un coup d'œil sur mes tableaux.

« C'est ça, Jérôme, exactement. Début dans vingt minutes. »

Revon est le grand ordonnateur. C'est lui qui fait le tri dans les images qui arriveront des différents sites de compétition. Avec la bénédiction de Biétry qui veille…

Le tournoi vient de commencer, et je vois, au loin en bas, David Douillet qui s'ébroue pour son entrée en lice. C'est une grande première pour notre sport ésotérique. Le téléspectateur va enfin pouvoir vivre l'intensité de la compétition et suivre la journée entière, du premier tour jusqu'à la finale. Avec spectacle, tension, rebondissements et suspens. Mais pour ça, il faut que nos petits Français aillent loin. C'est pour eux une opportunité énorme de se révéler au grand public.

Dans les oreilles, le signal : « Thierry, antenne dans trente secondes… » J'avale ma salive. Je ne sais qu'une chose : je vais être absolument moi-même. Et je n'en veux qu'une autre : faire partager ma passion, celle qui m'a porté et m'a construit. Alors, sans calcul, je vais sortir ce que mes tripes attrapent. Et rendre au judo ce qu'il m'a donné : tout.

Dès les premières secondes du combat de David, je ne suis déjà plus commentateur. Je me mue en coach, en coéquipier, en pédagogue, en arbitre, en supporter. Je saute d'un rôle à l'autre selon les actions. Je crie, je harangue. Je détaille et conseille pendant les *maté*, les moments d'arrêt. Je repars, après respiration, dans une vague de mots, colorés ou techniques. Et je sens que j'aime ça. Douillet gagne, j'ai vibré. Vient le tour de Christine Cicot, notre lourde. Je la suis, fébrile et excité, précis et pointilleux, pour que le béotien cathodique, là-bas en France, ressente. Cicot gagne. Au terme d'une journée de folie, de victoires flamboyantes, de défaites rageantes et de combats couperets, Christine et David remportent chacun une médaille de bronze. Moments éblouissants dans une carrière d'athlète.

Je les ai accompagnés sans me soucier de la norme. Le ton est donné. En rentrant au bercail canalplussien, nerveusement épuisé, je ne sais pas si mon enthousiasme a été partagé ou totalement déplacé. Et ce n'est pas la remarque d'un cadre du service des sports mi-inquiet, mi-admiratif qui va me rassurer : « Euh... dis donc, c'était super... mais tu y vas un peu fort quand même... » De toute manière, je ne sais pas faire autrement.

Les Jeux démarrent à peine. Le judo français y sera magnifique. Sept médailles, deux d'or, une d'argent, quatre de bronze. Un feu d'artifice tricolore. Chaque jour qui passe, je me lâche un peu plus. Je remarque que Revon revient souvent chez nous quand il y a des creux dans le programme. Certains combats sont fantastiques, genre l'Espagnole portée par son public contre la Japonaise, ou improbables, comme le Russe contre le représentant de l'Allemagne maintenant réunifiée. Quand ce sont des pensums, je m'amuse et pars en délire. À l'antenne, ça donne de grands moments de dinguerie ou d'émotion. Comme le sacre de Cathy Fleury, arraché sur le fil, au terme d'une finale dantesque et après décision des juges. Dans la foulée, nous vivrons une séquence exquise où, parti rejoindre la championne, j'ai planté Michel Platini, le laissant seul au micro alors que, en direct, commence la finale des hommes. Ne sachant quoi dire, en panique, Michel se met à m'appeler en hurlant : « Thierryyy, Thierryyy... » Je le rejoindrai dans des éclats de rire pour le sauver *in extremis* et à la seconde même où le Japonais incruste son adversaire d'un splendide uchi-mata. Nous terminerons en apothéose, le septième jour, avec le dernier combat de ces Jeux, la finale de Cécile Nowak, notre 48 kilos. À l'issue d'un combat sublime, elle triomphe de la star du judo nippon, Tamura, à qui tout le monde promettait le titre.

Si je finis sur les rotules, je sens confusément qu'il s'est passé quelque chose. En 1992, évidemment, pas de réseaux sociaux, pas de followers pour crier au génie ou vous dézinguer d'un commentaire débile. Mais des signaux élogieux arrivent de Paris. Par Minitel, l'outil connecté de l'avenir (!), les messages des abonnés sont unanimes pour clamer leur plaisir aux exploits des Français. Ils ont adoré le judo et le « message » est bien passé. En fait, j'ai parlé les seules langues que je connaisse, celles de la spontanéité et de la passion. Et si j'ai pu être « déconnant » quand la situation s'y prêtait, une obsession plus louable m'anima sans cesse : rendre accessibles les ténébreux arcanes du judo, ses techniques, son arbitrage et ses termes japonais. Je tenais à m'éloigner du « descriptif des sachants », genre : « Après le hajime, fort de son kumi-kata, c'est par taï-otoshi compté waza-ari que Niroki Nishimaru a enchaîné en ne-waza pour porter kami-shio-gatame et vaincre en osae-komi. Magnifique ippon ! »

Au beau milieu de la quinzaine olympique, je suis attendu en France pour mes dernières scènes d'*Antoine Rives*. À la descente d'avion, je me fais alpaguer sans façon par une femme devenue groupie : « Oh, mais c'est vous, les commentaires ! C'était extraordinaire. Venez que je vous embrasse ! » Et pan, elle me claque la bise, comme un remerciement.

J'arrive sur le plateau du *Juge* pile à l'heure de la coupure déjeuner. Et je vais mesurer l'effet de mes sept jours catalans. À peine entré sous la tente de la cantine, une belle ovation m'accueille. Techniciens, acteurs, figurants, membres de la prod, tous applaudissent à l'unisson. Scotché, je ne sais trop quoi dire. Norbert Saada, après quelques mots chaleureux de son style fleuri, me passe autour du cou une imposante médaille d'or… en bois. Gravé dessus : « Au champion olympique des commentateurs – Barcelone 92. » Vingt-six ans après, elle trône encore dans ma vitrine, au milieu des « vraies ».

On a donc fait un vrai carton en surfant sur les résultats du judo français. Ils m'offrent une nouvelle notoriété, amplifiée par l'aura de Canal. Certains ont raison aujourd'hui de rappeler quelle fut sa puissance créatrice et l'impertinence qui définissait la chaîne. Aussi les moyens qu'elle pouvait déployer. J'en eus la preuve dès mon tournage terminé. On me renvoya illico à Barcelone en avion privé. Pendant les derniers jours des Jeux, je jouerais le rôle du grand témoin et je frissonnerais au sublime tour de piste de Marie-José Perec.

Le 9 août, pour la soirée de clôture, dans une ambiance survoltée, toute l'équipe de Canal se réunit autour d'un maigre tatami et j'improvise pendant une heure un pseudo-cours de judo à ces élèves mal fagotés. Biétry assume le passage à l'antenne de ce grand n'importe quoi télévisuel. Puis la mire barcelonaise s'éteint définitivement, mais mon aventure avec Canal ne fait que débuter.

15

Renaissance et vie canalplussienne

De retour à Paris, Pierre Lescure, le DG de Canal, m'invite à dîner. Il veut évoquer l'avenir. Pierre Lescure, je le connais peu. Nous nous sommes croisés deux ou trois fois. Son ouverture d'esprit, sa culture et son regard pétillant en font un dirigeant de haut vol, inventif et rock and roll. Cet ancien journaliste et présentateur du 20 heures a façonné Canal depuis son lancement en 1984. Dans une longue interview à *L'Express*, il a encensé mes commentaires, relevant le « supplément d'âme » qui vient, selon lui, de bouleverser la manière de raconter le sport. Alors que je vais lui dire toute mon envie de continuer, Pierre se déclare en premier : « Je voudrais que tu intègres le service des sports. Biétry est d'accord. Commençons par une collaboration de trois mois pour réfléchir à des projets. Et on enchaîne sur un CDI. Qu'en dis-tu ? »

Ce que j'en dis ? J'en dis que Lescure vient, à cet instant précis, de changer ma vie. Rien de moins. Il me sort de mes galères et m'offre un avenir. Il ressuscite en moi un sentiment de force et de plénitude. Le même que celui éprouvé au moment de monter sur la plus haute marche du podium. Accord scellé, nous trinquons.

Mais je suis venu avec une proposition. Depuis quelques mois, Canal a fait naître un grand club parisien, le PSG Omnisports. En marge du football, il rassemble basket, hand, volley et golf. Bientôt la boxe. Avec le succès de Barcelone et ses valeurs éducatives, le judo peut y prendre une belle place. L'intégration de mon club, l'Alliance Judo 77, sera actée quelques semaines plus tard par Charles Biétry, architecte de l'édifice. Et je deviendrai président de cette nouvelle section sportive, le PSG Judo.

Je signe mon premier contrat dans le bureau de Lescure, qui a insisté pour que je dépende directement de lui. Biétry a parfois des velléités de « caporal-chef ». Ça passe avec les jeunes recrues des écoles de journalisme, moins avec quelques signatures de la chaîne et pas du tout avec les grands noms du sport français. Personne n'est parfait. Charles est justement salué comme un homme de grand talent et un patron conquérant et efficace. J'étrenne pour trois mois un statut de « chargé d'études » et reste bouche bée devant le chiffre de mon salaire que je n'ai même pas discuté. Une somme considérable pour moi, normale pour l'univers télévisuel.

En novembre 1992, nous signons le CDI qui fait de moi le « conseiller spécial » de la rédaction des sports. Cet intitulé original m'emportera vers des aventures improbables, avec une liberté d'action et de ton inconcevables dans le PAF d'aujourd'hui. Pendant quinze ans, j'expérimenterai tous les genres de la petite lucarne, du commentaire sportif aux chroniques pour « Nulle part ailleurs » en passant par la présentation de magazines ou l'interview en tête à tête. Manque à mon palmarès le journal télévisé.

Je découvre les joies de l'animation en direct, avec « Coquins de sport », une heure et demie d'émission hebdo, tous les lundis sur Eurosport. En ces temps, la chaîne appartient conjointement à Canal et TF1, ce qui n'empêchera pas les deux actionnaires de s'écharper pour les droits de la Ligue 1 de football qui commencent à flamber. Pour me driver, on me colle un coprésentateur, Marc Menant. Notre attelage se révéla aussitôt baroque et, pour faire soft, on va dire que Marc et moi ne peignons pas avec les mêmes « couleurs ». On se frita donc assez vite mais jamais méchamment. En avril 1993, Philippe Saint-André, capitaine de l'équipe de France de rugby, et une centaine de spectateurs essuieront les plâtres de nos débuts balbutiants. Passer du casque-micro, bien installé en tribune, au regard noir de la caméra d'un talk-show est un autre exercice. Mais je m'appuierai sur un ton « troisième mi-temps », léger et rigolard, et le soutien de mes chroniqueurs préférés, Philippe Guillard et Yvon Rousset. Un coût prohibitif et une diffusion limitée auront raison de nous. Au moins, j'aurai appris.

J'enchaîne avec le football qui est en train de devenir, dans le monde de la télé, une affaire très sérieuse. Après avoir commis quelques commentaires pour les matchs retransmis dans la nouvelle norme 16/9, on me colle « homme de terrain », concept tout nouveau. Tant mieux, car suivre au micro les arabesques d'un ballon torturé par vingt-deux types en short, eux-mêmes drivés par un type en jaune qui ne voit pas tout, ce n'est pas trop mon truc. Et Dieu sait pourtant si, petit, j'ai aimé jouer au football. Toute la saison, je saute d'un banc de remplaçants à une tribune d'ultras, des couloirs des vestiaires aux buvettes encombrées. Pendant les matchs, j'interviens, mi-reporter, mi-ethnologue, pour pénétrer la jungle des tribunes et dégoter le dramatique ou le burlesque qui font le charme de la « France des supporters ». Je reprends parfois mes haillons d'acteur pour jouer dans *La Brigade des sports*, séquence loufoque de Guillard et Rousset, diffusée à la mi-temps.

Changement de style radical pour présenter « C'est pas le 20 heures », ambitieuse émission de société produite par Capa. Des reportages tendance à ceux engagés ou polémiques, j'assure les plateaux de lancement qui oscillent entre journalisme, animation et comédie. Même si je dois m'enfourner des pages de texte, les tournages en pleine rue laissent libre cours à ma fantaisie et à mon goût de l'impro. Un des jeunes réalisateurs de cette originalité télévisuelle est Michel Hazanavicius, futur oscarisé pour *The Artist.*

La classe ! Pour tourner vite et bien, il utilise un petit bijou technologique révolutionnaire, une Steadicam, caméra articulée et portable. Pour un montage rapide, plus de cassettes, mais le système Avid, tout en numérique, vient de débarquer.

En parallèle, je préside avec passion aux destinées de mon projet sportif, créer un grand club de judo. Car, si on a compris que je m'abstiendrai de faire uchimata toute la vie, les affaires politiques de mon sport me branchent au plus haut point. Et je veux, comme un challenge, faire évoluer le système, notamment celui de la gestion des carrières d'athlètes. Avec le PSG, je le dis sans ambages, j'arriverai à mes fins. Dans un premier temps, trouver une salle disponible à Paris n'est pas un mince exploit mais j'y parviens avec le concours de Michel Corbière, patron de l'Aquaboulevard. Décidé à nous soutenir, il nous alloue un des courts de tennis de ce haut lieu du loisir. En quelques semaines, un dojo flambant neuf vibre aux déplacements et aux chutes de trois cent cinquante licenciés, du débutant de cinq ans jusqu'au senior. En vitrine, l'équipe première, emmenée par les leaders Douillet et Bouras, affiche désormais ses ambitions. En 1996, nous deviendrons champions de France puis ce sera l'extrême frisson de la victoire en Coupe d'Europe. Une de mes grandes joies fut de déposer le trophée sur le bureau de Pierre Lescure avec un mot signé de tous. Viendra plus tard un joli clin d'œil à l'histoire quand, dans une cérémonie de remise de grade, David Douillet tendra sa nouvelle ceinture à un petit jeune très prometteur, Teddy Riner, douze ans. Cours tous niveaux, contrats pros, statut social, encadrement performant, centre de formation, grâce à Canal, nous avons réussi à créer un des fleurons du judo français. En 2001, l'arrivée de Messier et de ses équipes mettra un terme à notre belle aventure, et le PSG Omnisports passera à la trappe.

Retour à la petite lucarne. Pendant toutes ces années, mon siège de commentateur m'emportera de spectacles fous en émotions submergeantes, avec évidemment des pics inoubliables.

En 1995, Coupe du monde de rugby. C'est de Bloemfontein, au cœur de l'Afrique du Sud, que j'userai des litres de salive pour ne manquer aucune action du tsunami All Blacks qui emporta les Japonais. 145 à 17, score le plus lourd de l'histoire d'un match de rugby.

En 1999, je tourne une page du sport anglais, avec le dernier match de Rugby League, à XIII, joué dans le mythique stade de Wembley, voué à la démolition.

En avril 2001, Johannesburg. Le champion du monde de boxe poids lourds Lennox Lewis vacille sous les coups d'un Américain inconnu, Hasim Rahman. Le match a lieu à 5 heures du matin pour cause de décalage avec les États-Unis. Dans une ambiance surréaliste, Bouttier et moi accompagnons de nos cris le calvaire du champion en titre qui explose, dans l'aube naissante, au cinquième round.

Finalement, à force de faire mon métier, j'obtiendrai officiellement mes galons de « journaliste » avec la « carte de presse, numéro 78594 », de 1997 à 2001. Ravi !

Je hurlerai moins dans ma période iTélé, de 2003 à 2005, où je fais défiler, chaque semaine, le gratin du sport français, pour une interview en tête à tête d'une dizaine de minutes. Le programme est rediffusé jusqu'à six fois dans le week-end, impossible de le rater. Et on peut en dire, des choses, en dix minutes. Yannick Noah, généreux comme à son habitude, partagera ses impressions avec moi, trente ans après sa victoire à Roland-Garros, juste avant le début du tournoi. Ce sera un joli cadeau.

Mais c'est grâce aux diffusions du judo aux Jeux olympiques, que j'imprimerai ma marque de fabrique. Barcelone, et tous ceux qui suivront. Les trois ors de Restoux, Bouras et Douillet, en 1996 à Atlanta, restent vivaces malgré une organisation *bullshit*, comme on dit au States. Et, en 2000, à Sydney, la finale de Douillet contre le Japonais Shinohara s'inscrit, paraît-il, comme un moment d'anthologie du commentaire sportif. (Je finis en larmes en affirmant : « Tu es un dieu vivant ! ») Dix-huit ans après, on me remercie encore d'avoir pu faire partager l'immense exploit du second titre de David.

2006 et 2007. Retour sur les plateaux de Canal Plus Sport pour deux années de coprésentation de « Jour de sport », en binôme avec Lionel Rosso ; lui dans le rôle du journaliste et moi dans celui du consultant-aiguillon. Nous tenions la boutique de cette quotidienne super bien foutue, mais chroniqueurs béton et invités au top ne suffisaient plus pour entretenir ma flamme. J'en fis part à Alexandre

Bompart, récent patron des sports, attentif et reconnaissant. Après quinze années de numéros et d'emballements cathodiques, le temps était venu pour moi de zapper et d'aller vers d'autres postes.

16

Chirac première

1992 toujours. Cet été barcelonais va décidément compter plus que je n'ai pu le saisir sur le moment, avec la rencontre du maire de Paris, Jacques Chirac.

Guy Drut, champion olympique en 1976, illustre à la perfection la définition du fervent chiraquien. Pour honorer la venue de son leader à Barcelone, Guy avait organisé un grand déjeuner en invitant tous ses collègues champions. Pour rappel, notre capitale avait perdu contre Barcelone dans sa quête en vue d'organiser les Jeux d'été de 1992. Cette défaite s'expliquait aisément : Albertville, autre candidate française, avait été choisie, quelques heures auparavant, pour accueillir les Jeux d'hiver. Bravo, M. Jean-Claude Killy. Impossible donc pour le CIO, le Comité international olympique, de donner à la fois les Jeux d'hiver et les Jeux d'été à un même pays. Il est des défaites amères qu'il faut savoir relativiser.

Après une visite, au pas de charge, de l'immeuble réservé à l'équipe de France, le grand fauve Chirac devait nous rejoindre pour les agapes. J'attendais cette rencontre avec circonspection, portant peu d'estime à ce chef de file d'une droite dure et intransigeante. Sa responsabilité dans le drame de la grotte d'Ouvéa en Nouvelle-Calédonie, sa célèbre sortie sur « le bruit et l'odeur », l'affaire du décès de Malik Oussekine attribué à la charge des « voltigeurs », police à moto, la libération des otages du Liban à trois jours du second tour de la présidentielle de 1988. Tout dans ce personnage, à l'air martial et péremptoire, me hérissait. Et la réputation de ses seconds couteaux, Pasqua, Pandraud, Pons, n'arrangeait rien. Cette période reste le symbole d'une « droite décomplexée », dont certains travaillent au retour aujourd'hui. Les deux années de cohabitation, de 1986 à 1988, avec Chirac Premier ministre, avaient renforcé l'épaisseur de mon ventricule gauche, comme celui d'un grand nombre de garçons et de filles de ma génération. Et conforté, si besoin était, mon vote pour « Tonton » Mitterrand en 1988 après celui de 1981. Pour couronner le tout, lors de la campagne Chirac, en 1981, mon nom s'était retrouvé sur la liste de ses soutiens. Je ne sais quel imbécile zélé de son entourage s'était permis cette invention, mais on ne m'avait même pas sollicité. J'avais alors très modérément apprécié. Je me vois encore, de la cabine téléphonique du Creps d'Houlgate, appeler rageusement *France-Soir* qui avait sorti cette *fake news*. Le quotidien tirait encore à plus de quatre cent cinquante mille exemplaires. Puis, coup de fil à *Libé*, pour qu'ils publient un rectificatif.

Rien, donc, dans ce bonhomme ne trouvait grâce à mes yeux. Peut-être sa fille Claude, que j'avais trouvée malicieuse et ouverte, quoiqu'un peu naïve, au bras de Vincent Lindon, lors de soirées dans les années 1985-1986. En fait, Chirac n'avait pas complètement abdiqué l'idée de futurs JO à Paris. Il tenait à se rendre compte de visu des complexités organisationnelles d'un tel événement. Il souhaitait aussi saluer les remarquables évolutions qui avaient transformé la capitale catalane. Aujourd'hui encore, Barcelone est érigée en modèle de réussite post-olympique. Et on sait le « phare touristique » qu'elle représente. Au-delà de ces dévotions à l'olympisme, alors que nous saluions « la bête », je ne pouvais m'empêcher de humer le parfum de récupération qui s'afficherait le lendemain dans les journaux.

Je n'avais donc pas grand appétit quand on me fit prendre place, comme une évidence, entre lui et Guy Drut. En plus, je traînais depuis le matin de terribles douleurs d'estomac. Mon attitude crispée ne put échapper à l'œil vif de mon imposant voisin. Discours de bienvenue débités, entrées servies, je ne devais être, à ce moment précis, que pâleur et transpiration abondante malgré la clim. Chirac se tourna vers moi, et ce à plusieurs reprises, visiblement soucieux de mon état : « Thierry ? Ça ne va pas ? Vous n'avez pas touché à votre assiette ! Vous êtes blanc comme un linge ! » Je bredouillai que c'était sûrement le manque de sommeil ou l'agitation, que tout allait rentrer dans l'ordre. Chirac me fixa du regard, s'essuya les lèvres et, d'un seul coup et d'une voix forte, demanda à la ronde : « S'il vous plaît, y a-t-il un responsable ici ? Un médecin ? » La tablée se figea, surprise de voir l'ancien Premier ministre dans le rôle du secouriste. Devant le silence, il se leva d'un bond.

« Allez venez, Thierry, on va chercher un médecin ! »

Et me prenant par le bras, il m'emmena, nous frayant un chemin entre les tablées d'invités et les curieux.

« C'est par où le service médical ? »

Un toubib des équipes de France accourut. Prise de tension, du pouls, petits cachets ou piqûre réparatrice, je ne sais plus. On soulagea ma douleur devant un Chirac aux aguets. Il n'avait pas hésité à planter son déjeuner, notre panel de stars et de chapeaux à plumes. Drut viendra aux nouvelles et raccompagnera Chirac, lequel s'assurera de mon état avant de s'envoler vers des tâches autrement plus importantes.

Évidemment étonné, je dus me résoudre à relativiser mon jugement : ce type n'était pas le grand bourrin que j'imaginais. Son empathie soudaine avait révélé quelque chose de franchement invisible. Étais-je en train de tourner casaque ? Sûrement pas ! Mais je dois reconnaître que ce geste m'avait interpellé.

17

Vincent, Claude, Jacques et les autres

Automne 1994. Il fait doux à Paris ce soir d'octobre. Je sors des locaux de Canal, que j'ai intégré deux ans plus tôt. Rendez-vous est pris chez L'Ami Louis à l'initiative de Vincent Lindon, que j'ai croisé la veille :

« Ah oui, au fait, je dîne avec les Chirac. Claude et ses parents. Tu en es ? Ils t'apprécient beaucoup, tu sais. Il y aura aussi un couple d'amis américains et leur fille. On se retrouve là-bas, 20 heures. D'accord ? »

Chirac, m'apprécier, moi ? La seule fois où nous nous étions croisés, il avait relevé un défaillant. À part notre intérêt commun pour le pays du Soleil levant et le sumo, je ne voyais pas. Et je craignais de me poser en boulet dans ce dîner quasi familial, avec Claude que je connaissais peu et Bernadette, pas du tout.

Mais quand même, j'hésitais. C'était attirant d'aller « sentir » le candidat Chirac, esseulé, presque renié de tous, donné battu à huit mois de l'échéance présidentielle. Balladur avait des ailes quand lui, Chirac, se traînait à 14 % dans les sondages. Puis Vincent me rassura : « On va passer deux heures sympas et Claude t'aime beaucoup, tu sais. Tu viens ! » Vendu ! Après tout, je n'allais pas passer une audition.

Claude, je l'avais entraperçue en 1984, à Deauville, proche de Vincent quand celui-ci tournait avec Miou un téléfilm, *Une vie comme je veux*. À un moment de l'histoire, ils devaient s'enlacer tendrement sur la plage et s'embrasser. Claude et moi, conjoints silencieux, suivions la scène à une vingtaine de mètres, derrière les techniciens. Il est vrai que voir son amour « papouiller » quand le scénario l'exige remue un peu les tripes. Claude, larmes affleurant, vécut cette scène presque comme si c'était « en vrai ». Je la charriai gentiment pour dédramatiser. Mais elle ne s'y résolvait pas, profondément touchée.

« Tranquille..., lui dis-je en lui prenant les épaules, ce n'est que du cinéma ! »

Elle se força à sourire.

« Oui, je sais, mais ça me fait toujours tout drôle. »

Plus tard, même séparés, Claude et Vincent continueront à être de grands complices.

C'est le souvenir de cette pauvrette que j'entrevoyais en passant la porte de L'Ami Louis, le gastro parisien dans toute sa splendeur. Carrelage, décors et serveurs, ici tout est d'époque. En cet instant, dîner avec cette famille, c'était pour moi comme aller au théâtre sans connaître le pitch. Je me mis donc en mode observation sous le regard malicieux de mon chaperon Vincent. Claude était déjà là, assise à une grande table, avec Bernadette, immédiatement chaleureuse avec moi. Elle le sera toujours. En face, les « amis » d'outre-Atlantique, qu'elle me présenta avec un naturel confondant : « Thierry, vous connaissez les Peck ? Gregory, Véronique, son épouse, Cecilia, sa fille. » Je faisais face, le plus normalement du monde, à un monument du cinéma américain, l'oscarisé Gregory Peck, et à sa famille. Lui, la classe incarnée, frôlait, sans que ça se voie, les quatre-vingts printemps. J'appris que Mme Peck, Véronique, était française. Cette ancienne journaliste de *France-Soir* avait vu sa vie basculer en une heure, pendant son interview de Gregory, transformée en coup de foudre réciproque. Six mois plus tard, ils devenaient inséparables. Amour, départ de France pour elle, divorce pour lui, installation et toute la suite, mariage, enfant et double nationalité pour elle. Ce couple, ce soir-là encore, quarante ans plus tard, semblait conserver un haut degré de fusion. Je saluai ce joli monde, avec la déférence du petit nouveau arrivant en terre inconnue. Claude entreprit de me décoincer et, sans manières, me chuchota je ne sais quelle bêtise. Ça me faisait plaisir de la retrouver et de la voir rieuse et très à l'aise.

Chirac fit, sans le vouloir, une entrée remarquée. À son apparition soudaine, le restaurant se figea. Ça devait être son lot quotidien, comme celui des stars qui électrisent les lieux et le commun des mortels.

Dans la douce chaleur des plats roboratifs, on sentait qu'il s'offrait une parenthèse avec, à la carte, détente, amitié et bonne chère. Calé quelques secondes dans sa chaise, il fondit sur une imposante tranche de foie gras qu'il tartina comme des rillettes. « Comment allez-vous, chers amis ? » lança-t-il à la ronde. Et sans attendre la réponse, il se tourna vers moi : « Thierry, prenez donc un peu de ce pâté. Il est délicieux ! » L'ogre de Sarran entreprit les Peck, glissant du français à l'anglais, leur dit de grandes gentillesses et qu'il était ravi d'être là avec eux. Sa bonhomie envahit notre tablée et tout se détendit d'un coup. La conversation vira très vite vers la politique et les enjeux des mois à venir. Pas besoin de fine analyse à la « Alain Duhamel » pour comprendre que seule l'étoile de Jacques Delors pourrait briller à gauche. À droite, Chirac, en précampagne, allait se déclarer dans une poignée de semaines. En embuscade, Édouard Balladur, Premier ministre, profitait de bons sondages. Et fomentait sa trahison, poussé par de nombreux ralliements. Même le fidèle Pasqua ne croyait plus en son « cher Jacques ». Chirac semblait bien seul et peu misaient maintenant sur ce cheval. Cette rosse ?... Mais le premier tour se tiendrait dans six mois et tant de choses pouvaient survenir d'ici là.

Il se tourna vers moi, entre deux bouchées :

« Alors vous, Thierry, vous croyez que Delors va y aller ? » Je suivais depuis longtemps le spectacle des jeux politiques. Mais quand c'est Chirac qui vous sonde, au débotté, comme pour sentir « la rue », j'avoue qu'on se trouve, brusquement, un peu sec.

J'avais bafouillé qu'il me semblait que cette opportunité ne se refusait pas. Que seul Delors, paré de sa réputation de «grand ordonnateur de l'Europe», pouvait incarner la gauche avec quelques chances. Réponses «enfoncement de portes ouvertes» que Vincent étaya. Chirac nous regarda tous deux en se resservant des gésiers confits. Et il répliqua tranquillement: «Eh bien, non, voyez-vous. Je crois qu'il ne se présentera pas.» Nous étions suspendus à ce jugement qui appelait un développement, lequel vint dans la foulée: Delors était un «gentilhomme» qui n'avait pas la «fibre politique». C'était un «techno», jamais élu au suffrage direct. Et pas assez cuirassé, il n'aurait pas le gabarit pour monter au combat. Dubitatif, je gardais pour moi mes doutes sur cette affirmation qui se voulait visionnaire. Je restais convaincu que Delors ne laisserait pas passer l'opportunité historique qui se présentait à lui. Même si je n'oubliais pas ce que Chirac avait enduré en 1988 contre Mitterrand. Notamment lors de leur débat de l'entre-deux-tours qui avait tourné au duel. Lui savait mieux que quiconque combien une campagne pouvait entamer les nerfs et les mettre à vif.

S'ensuivit un drolatique échange avec Bernadette, à coups de taquineries acérées. Ce numéro, sûrement mille fois joué, s'accompagnait d'un vouvoiement qui ne mettait aucune distance entre eux:

«Jacques, arrêtez de nous ennuyer avec vos histoires, laissez-nous dîner tranquillement.

– Vous n'êtes rien sans moi. Heureusement que j'ai accepté de vous épouser.

– Oui, oui, c'est cela. Vous ne disiez pas ça quand je faisais vos devoirs de Sciences Po.

– Je vous ai sauvée de vous-même, remerciez-moi.

– Jacques, taisez-vous ou allez vous coucher. »

Tout cela sous le regard mi-réprobateur, mi-amusé de Claude, que cette prestation atterrait encore.

Chirac prit Bernadette au mot. En politique comme à table, c'était un carnivore. Cela avait le double avantage de lui faire sauter le dessert et de lui permettre de prendre congé. Soudain, il était comme rappelé à ses obligations. « Booon… Coucouche panier, papattes en rond », assenait-il. Et il filait pour passer, grâce au décalage horaire, de longs coups de fil à la terre entière ou pour reprendre quelques dossiers en cours. Se levant, il nous remercia de cette respiration bienvenue, piqua Bernadette d'un : « Je ne vous attends pas. » Saisissant son manteau, déjà dehors, il repartit comme il était venu.

Le dimanche 11 décembre 1994, Delors annonça en direct, dans le regard azur d'Anne Sinclair, qu'il renonçait à se présenter. La gauche semblait bien fragile, avec un flambeau maintenant porté par Jospin. Et la fin du mandat Mitterrand s'accompagnait d'une déception grandissante tant les révélations fâcheuses s'accumulaient implacablement. La francisque à Vichy, la maladie cachée, les bulletins de santé falsifiés, les écoutes de l'Élysée, le sabotage du *Rainbow Warrior*, les ambiguïtés de sa vie personnelle avec double amour et fille cachée, ses amitiés « particulières » avec Bousquet, Pelat… c'était beaucoup pour un seul homme. Même président. Trop de silences, trop d'omissions, trop de mensonges avaient congelé mes convictions tontonmaniaques. Et ce n'était pas un de ses lieutenants, forcément complices à un moment de l'histoire, qui allait rallumer une étincelle de confiance.

Plus tard, en contrepoids, arriva le « Chirac time », comme on dit en sport. Doucement mais sûrement, comme un rouleau compresseur, les éléments, ceux qui faisaient l'air du temps, se cristallisaient en sa faveur. Comme la trahison du félon Balladur, ou les « Guignols de l'info » le victimisant, couteaux plantés dans le dos de sa marionnette. Ou encore, le célèbre : «Deux ans, putain… deux ans…» D'autres éléments participaient à rafraîchir son image, lui qui naviguait dans le système depuis 1967. Un goût prononcé pour les pommes, produit qui faisait, ô combien, «terroir français», pas loin du «cul des vaches», sa décontraction lors des émissions télé où soudain il excellait. Tout appelait chacun à un regard épuré sur le nouveau Chirac. En estocade, la «fracture sociale».

Ma proximité récente avec Claude m'offrit succinctement ce qui émanait de son humanité et son épaisseur. Je voterai donc avec espoir, aux deux tours, pour Chirac. Ça faisait quand même bizarre de voter à droite pour la première fois.

Après le dîner et les embrassades sur le trottoir de L'Ami Louis, je rentrai chez moi à Puteaux, songeur. Drôle de soirée, improbable et unique. Par quels méandres m'étais-je retrouvé là ? En garant ma voiture dans les rues assoupies, un visage me taraudait. Claude. Vers où allait-elle m'emmener ? Vers quoi ?

Étais-je prêt à me laisser dériver vers elle et tout ce qui s'ensuivrait inévitablement ?...

S'il y a bien une chose qu'un homme, qui plus est célibataire, sent, c'est quand il plaît à une femme. C'est suffisamment rare pour en percevoir les signes. Tout au long de ce dîner et sans qu'il y paraisse, j'avais bien senti une connivence naître entre nous. Et ce jeu des reparties et des œillades complices ne pouvait me tromper. C'est ce dont je me persuadais en sortant du restaurant.

18

Romance de campagne

Dans les jours qui suivirent, je devins chiraquien. Précisément et exclusivement claudechiraquien.

Une amitié amoureuse était en train de se nouer, imprévue. De plus en plus forte, elle commençait à nous obséder. Mais pour nous, pas de force centrifuge, plutôt celle, centripète, qui rapproche les corps. Pendant que la campagne se lançait, Claude et moi multipliions les contacts. D'abord téléphoniques avec des « portables » énormes, genre boîtes à chaussures et lourds comme le plomb. De plus en plus, des rendez-vous volés à son emploi du temps dantesque.

Elle battait la campagne dès l'aube, par monts et par vaux, premier lieutenant et premier rempart du général Chirac. Elle tenait la baraque, sans états d'âme, dans ce milieu de mâles en manque de lumière, pour relever le double défi qu'elle s'était fixé : faire gagner son candidat, faire gagner son père. Elle avançait, implacable, affirmant son originalité et son exigence, alors que ça pétait maintenant de partout. Car la guerre était déclarée. Balladur avait publiquement levé le voile sur ses ambitions élyséennes. La droite se déchirait, les clans s'affrontaient à couteaux tirés.

De très loin, j'observais ce barnum avec un seul point d'ancrage : Claude. Et une seule ambition : être son contrepoint, son vent de fraîcheur et son épaule. Le soir venu, je retrouvais ma guerrière et je tentais, pour quelques heures, de lui faire respirer un autre monde. Au volant de sa petite Autobianchi rouge en fin de vie, je l'enlevais pour rouler dans Paris et aller dîner en tête à tête. Je l'asticotais sur son père, sur ses amis et ses ennemis. On riait, on parlait des heures, on se regardait puis je la ramenais chez elle, rue du Bac. Et, à force de la ramener, un soir c'est elle qui m'a ramené, au creux de son lit, et je suis resté.

Nos dix appels par jour, nos escapades ou nos soirées d'osmose concrétisaient notre collision amoureuse. J'adorais, dans notre amour naissant, le concept d'être son échappatoire et son jardin secret. Ancien sportif reconnu, consultant à Canal et le cœur gonflé à gauche, j'étais à des années-lumière de son microcosme. Comme un accord tacite, mon indépendance était notre force, le fondement de notre lien. Mais la campagne emportait tout.

17 février 1995, je décide de me rendre en catimini, comme à titre « privé », au premier meeting de Chirac, porte de Versailles. Une révélation et une étude de mœurs que cette immersion dans les entrailles du

peuple RPR. Je le sens impatient de voir son champion succéder à quatorze années de présidence socialiste. Mais surtout d'en découdre avec l'« ennemi ». Si Balladur tient le pouvoir, Chirac peut compter, lui, sur la fidélité du parti. Anonyme au fond de l'immense hall, j'assiste au show. Ça grouille, ça bout et ça tangue comme sur une mer démontée. Les voix de dix mille disciples, grognards gaullistes ou nouveaux convertis, s'unissent dans un grand cri, à la moindre formule. Monte la même ferveur qu'à la fin d'une chanson en concert ou quand claque un but en pleine lucarne. Malgré l'ambiance surchauffée, quelque chose de puissant me tient à distance. Décidément, je n'arrive pas à me sentir chez moi. Soudain, le discours du candidat Chirac monte d'un ton, s'enflamme et vire au rose. Je suis saisi : droit au logement, hausse des salaires, défense de la jeunesse, refus de la rente, hausse du budget de la culture. Je n'en crois pas mes oreilles. « Marchais, sors de ce corps », pensé-je par boutade, en repartant, le cœur léger. Le grand Philippe Séguin, resté fidèle, a de toute évidence empreint de gaullisme social ce texte fondateur. Mais j'y retrouve aussi l'esprit citoyen que Claude évoque dans le secret de nos échanges.

Nous vivons notre idylle encore confidentielle dans le refuge de nos appartements respectifs. Avec une prédilection pour la rue du Bac, c'était plus simple. Mais nous sentons que cette tranquillité ne va pas durer. Des rumeurs commencent à circuler, avec quelques médiocrités ici et là. Nous décidons de ne rien changer à nos habitudes. Dans nos occupations diurnes, nous avançons comme si de rien n'était ; elle, fonçant tête baissée, et moi, plus tranquille à Canal. Un cercle restreint de proches connaît nos roucoulades. Même nos parents respectifs ne savent pas trop à quoi s'en tenir. Sans infirmer, je m'amuse à tenir, à leurs yeux, le rôle de l'ami fidèle. Je n'ai pas revu Bernadette et Jacques depuis quelque temps. Je les croise en coup de vent. Ou j'entends, sur le répondeur de notre chambre, rue du Bac, la voix caractéristique du patron à la poursuite de sa conseillère : « Bicheeeette, tu es là ? Bicheeeette ? » Claude se garde bien de décrocher, les yeux levés au ciel, sourire en coin.

Début de l'année 1995, lever de rideau à l'Hôtel de Ville. Bernadette et Jacques nous invitent pour un dîner à quatre. Un peu comme une officialisation ou un coming-out. Il fallait bien que ça arrive, puisque ça fait plus de trois mois que Claude s'échine à préserver notre secret. Ce soir-là, nous allons dîner non pas chez le maire de Paris, candidat à la présidentielle, et madame, mais chez les parents de ma dulcinée.

Après un accueil chaleureux, Chirac m'entraîne illico vers une modeste cuisine, lino et formica, dont il connaît le moindre recoin. Il oblique directement jusqu'à un placard, tout sourire, pour prendre deux verres. Puis vers un autre, pour en extirper, avec délicatesse, *la* bouteille, un rhum agricole « magnifique ». « Thierry, tu vas me goûter ça ! » dit-il en me tutoyant et en mixant avec dextérité une belle dose du breuvage ambré, sucre de canne et citron vert. Vestes posées, nœuds de cravate desserrés, nous portons nos verres à nos lèvres avec un geste précautionneux, comme dans un rituel. Si son œil frise, ma langue, elle, prend feu dans la seconde. Les quelque cinquante degrés me passent directement dans le sang, genre une perfusion de glucose en fusion. Aux Antilles, on appelle ça le décollage. « C'est bon, hein ? » me glisse-t-il, ravi. « Et surtout, ça me détend des emmerdeurs, précise-t-il en enchaînant sur une question : Et toi, ça se passe bien à Canal ? » Quel étrange moment que de me retrouver à partager le péché mignon de ce géant en essayant d'oublier qui il est. Alors que je m'apprête à lui répondre, la voix de Bernadette stoppe net ma première syllabe pour sonner le rappel :

« Mais enfin, que faites-vous, Jaaacques ? Thierryyy ?

– Voilà, voilà, nous arrivons ! » lance Chirac en me pointant la sortie du pouce.

Nous séchons nos verres d'une lampée. Je saute derrière ses grands compas qui martèlent le parquet en « point de Hongrie » d'un long couloir. Claude salue mon retour en réprimant un fou rire, la boisson des îles ayant sur mes joues le même résultat qu'un gant de crin. Nous passons dans une salle à manger meublée sans prétention, loin du décorum qu'on s'imagine habituellement. Nous prenons place, sans façon, autour d'une table ronde dressée et une conversation, sympathique et banale, s'engage comme cela se fait dans n'importe quelle famille. On échange, on affirme, on se contredit et on rit. Et toujours ces taquineries entre Bernadette et Chirac. Soudain, l'attention de ce dernier est attirée par une caisse en bois posée juste à côté, sur le buffet.

« C'est quoi ça ? » demande-t-il.

Bernadette, du tac au tac :

« C'est du vin, Jacques, allons ! Un cadeau que vous avez reçu ce matin.

– Ah, c'est gentil, ça », fait-il en lisant l'étiquette de ce pauillac 1900-je-ne-sais-plus-combien, et en soupesant le grand cru.

Dans le même élan, il interpelle le maître d'hôtel :

« Je suis sûr que vous aimez le vin, vous, n'est-ce pas ? »

L'homme n'a pas le temps de répondre que Chirac lui a déjà collé le trésor bordelais dans les mains.

« Tenez, vous le boirez à ma santé. Hein ? N'oubliez pas… ! »

19

Inconnu à cette adresse

Dans la vie que nous partageons maintenant, Claude est infiniment elle-même. Rieuse et mordante, vive, elle se gausse des vieilles chouettes du RPR et des « chapeaux à plumes ». Sans parler de ses appréciations sur l'aréopage des énarques. En jean, gros pull et blouson, elle plane sur la campagne, levée à l'aube et rentrée aux douze coups de minuit. Après son départ matinal, s'accumulent les listes de courses ou des post-it collés sur le frigo : « Si tu rentres trop tard, je me désabonne. CC » ou « Embrasse tous les gens sans cravate. T ». Pendant les meetings, le soir, de mon bureau à Canal, j'entends sa voix dans le combiné, couverte par la foule des militants en liesse. Parfois, en fin de discours, *La Marseillaise.* À son retour à Paris, je la récupère fort tard pour aller grignoter. Un ami m'a dit un jour : « Au fond, tu es le Douglas Fairbanks de cette famille. » Ce rôle du héros bondissant de toit en toit, pour aller enlever sa belle, je l'aurais bien endossé vraiment pour l'arracher à ses contraintes, pour l'emmener sur un autre chemin. Pour l'heure, je me contente de lui offrir mon épaule pour qu'elle s'y repose avant le retour au feu. Notre relation commença à s'ébruiter au printemps. À Canal et dans la rédaction des sports, aucune réaction particulière. Ni remarques ou allusions dans un sens ou dans un autre. Tout le monde s'en foutait ou du moins en avait l'air. C'était très bien ainsi. Claude, de par sa fonction, était bien plus exposée au soleil médiatique. Mais elle savait pouvoir compter sur mon indépendance. Pour nous deux, seul importait d'avoir choisi d'être ensemble. Nous dégagions une irrépressible envie de créer notre espace, de tracer notre route. En toute liberté. Ou inconscience.

Le jour du 7 mai 1995 est évidemment extraordinaire, avec le sacre de Jacques Chirac. Président de la République. Le boulet est pourtant encore passé bien près : au premier tour, 20,84 %, Balladur 18,58 % et Jospin en tête à 23,3 %… Après des années d'engagement, de lutte, de doutes, d'espoirs, Chirac atteint son Everest et embrasse enfin la victoire. Un aboutissement, alors que ce n'est, en réalité, qu'un début.

C'est aussi la victoire d'une famille. Les Chirac. La victoire de Claude qui a « réanimé » son père après le camouflet de 1988 et la défaite, amère. Jeune et sans légitimité politique autre que son ascendance, elle l'a relancé. Puis accompagné indéfectiblement en encaissant les jugements hâtifs des entourages, jaloux et inquiets de leur proximité. C'est aussi, indéniablement, la victoire de Bernadette, silencieuse, souvent moquée. Mais tellement fidèle dans les adversités qui ont émaillé le long chemin depuis leur rencontre à Sciences Po en 1951. Bernadette, une vigie au regard vif dans ce combat de la dernière chance. Ce soir-là, c'est *leur* moment et je n'y ai pas ma place.

Je suis resté en retrait tout le long de la campagne. Le seul meeting auquel j'ai été officiellement présent fut celui de Bercy, le 9 avril. Je n'ai jamais mis les pieds au QG, avenue d'Iéna, et ce n'est pas ce soir-là que ça va commencer. Dans notre chambre de la rue du Bac, j'assiste tranquille, zapette en main, à cette joyeuse tempête. Les images envahissent les chaînes et défilent en boucle. La foule se presse, oppresse, compresse Chirac, Baroin, Juppé, et tous les ténors, grimaçants, écrasés par la masse devant l'entrée du QG. Seul le géant parvient à sourire alors que les autres croient leur dernière heure venue.

Moi, j'attends de rejoindre ma belle, comme convenu. Mais plus tard. Pour l'instant, je la laisse à sa joie et à son monde. Je l'imagine en cheffe d'orchestre, triant les coups de fil, gérant les questions, les sollicitations. Je sais qu'elle sait que le plus dur commence. Un peu plus tard, elle répond enfin. Émue, heureuse mais déjà assaillie par la marée que j'entends, proche, autour d'elle. Il est 23 heures. J'ai suivi, sur la 2, la traversée de Paris du couple Chirac dans la CX Prestige. Et ce, grâce au numéro acrobatique des motards qui pilotent Benoît Duquesne, les cameramen et tous les autres journalistes accrochés à leurs roues. « Monsieur

Chirac, monsieur Chirac, une réaction… » Toute cette agitation autour du nouveau président élu ne s'appelle pas encore « faire le buzz ». Au moment où je raccroche, je pressens rétroactivement que notre relation, à 20 h 01, est passée dans une autre dimension et que nous n'aurons de cesse de nous préserver et de rester dans l'ombre.

Je quitte la maison, direction Chez Francis, la brasserie du pont de l'Alma, en bas de l'avenue George-V. Vincent, l'ami fidèle, est déjà là, prolixe et énervé comme pas deux. Au loin, la fête de la Concorde s'éteint doucement. Enfin, je vois la silhouette de Claude. Elle marche d'un pas alerte, pressée de nous retrouver. De me retrouver. Notre étreinte, sur le trottoir, est aussi brève qu'intense. J'essaie de lui montrer combien je suis content pour elle. Je la sens pleine de cette sérénité que l'on éprouve une fois l'épreuve franchie et le succès arraché. Un sentiment d'accomplissement que j'avais pu ressentir, il y a longtemps, au soir des titres glanés.

En cet instant, je n'ai pas conscience d'être en couple avec la fille du futur occupant de l'Élysée ou avec sa proche conseillère. Par la suite, et pendant des années, beaucoup se chargeront de me le rappeler. Pourtant, je maintiendrai cette distance polie, observée depuis le début, avec ses parents. Nous ne voulions pas tout mélanger. J'ai toujours considéré que leur vie publique ou politique ne me concernait pas. J'étais proche mais jamais impliqué, comme le sont en fait, dans toutes les familles françaises, les conjoints vis-à-vis de leur « belle-famille ». Et inversement.

Même avec la nouvelle donne, je me convaincs que rien ne doit changer.

Il faut juste imaginer un instant une vie passée dans les palais de la République. Vos pas glissent sur les tapis épais du mobilier national et sous la lumière des rutilants lustres classés. Vous parvient, à toute heure échue, le tintement du carillon des pendules. Quelle richesse, quel luxe, pourrait-on penser. Mais quelle vacuité que tous ces trésors. Vous n'avez rien choisi ou si peu. Vous vivez dans un musée où chaque meuble est répertorié. Jusqu'à la vaisselle du quotidien. Rien de plus impersonnel que ce décor qui vous entoure.

Depuis sa première nomination dans un gouvernement, en 1967, Chirac a habité avec sa famille dans ces hôtels particuliers et vécu la vie de château. Celle, pesante, avec personnel omniprésent et sentinelles dans les guérites. Les bastions du pouvoir, Chirac, Bernadette et leurs deux filles en ont fait le tour : ministères, Matignon, l'Hôtel de Ville. Ne restait plus que l'Élysée, forteresse dorée et vieillotte aux centaines de pièces. Cette fois-ci, Claude s'abstiendra d'y poser ses valises, rejoignant chaque soir nos pénates rue du Bac après avoir quitté son bureau du 4, rue de l'Élysée.

Certains doivent bondir. Ou soupirer, les yeux au ciel. « Claude, la pauvre, quelle jeunesse impossible a-t-elle eue, n'est-ce pas ? » Il y a bien longtemps que nos chemins se sont séparés. Je n'ai donc aucune raison de me faire l'avocat des Chirac. Ils en ont d'excellents. Je veux juste décrire. Ce que j'ai vu, ce que j'ai ressenti.

Belle utopie que d'essayer de m'imposer dans le rôle du chevalier blanc qui va enlever sa belle. Mais, face à la puissante réalité des enjeux, je dois rester à ma place. Et tant mieux, ça m'arrange. Je veux rester annexe. Et je résiste avec jouissance à une forme de connerie humaine, assez déconcertante. Je ne la pensais pas répandue à ce point. À peine Chirac installé à l'Élysée, mon portable enregistre une inflation d'appels. Il semble naturel pour certaines nouvelles « connaissances » que je les aide à accéder à l'entourage du président.

Voici le genre de propos qu'on pouvait me rapporter : « Je connais bien Thierry. Il va en parler à Claude qui poussera ton dossier. Considère la chose acquise. » Ou alors cette phrase magnifique, maintes fois entendue : « Dis donc, toi qui es dans la place, tu peux te débrouiller pour faire glisser mon dossier en haut de la pile, non ? » Les pauvres. Ils n'avaient pas bien compris ce qui nous animait. Les précieux documents, que je prenais avec un grand sourire, me servaient, dès que de besoin, à vérifier le niveau d'huile du moteur de ma somptueuse Citroën Volcane ZX verte. C'était souvent les mêmes qui me taillaient ensuite dans les dîners en ville en parlant de moi comme d'un néo-pro-Chirac qui avait réussi.

Une anecdote vécue avec un comédien bien connu du grand public est assez croustillante pour être contée. Elle illustre mon soi-disant nouveau statut de facilitateur. Ce copain, je l'aimais bien, comme on aime quelqu'un que l'on croise de temps en temps mais sans avoir de lien véritable. Alors que je tourne un téléfilm en Grèce, il me laisse un message vocal un peu mystérieux. Je le rappelle pour tenter de comprendre.

« Thierry, désolé de t'emmerder avec ça, mais j'ai deux potes qui sont en préventive. C'est dingue ! Comment expliquer… ? Ils ont un garage et "font" dans la pièce détachée. Tu vas rire, on leur impute une histoire de carambouille mais ils n'ont rien à voir avec ça. C'est vraiment injuste ! Tu dois pouvoir faire avancer leur dossier. Avec le président, ça fera accélérer les choses. » Véridique ! Devant l'énormité du procédé, pendant un long silence interloqué, je reste coi. J'ai quand même failli, par jeu, lui répondre : « Ben oui, bien sûr, ne t'inquiète pas. J'appelle direct et normalement je pense que ce soir ils sont dehors. Compte sur moi. » Sur le coup, le garçon m'a bien fait sourire mais son inconscience ou sa naïveté m'oblige à le ramener à la réalité. À la vraie vie, président ou pas.

Ce genre de sollicitations, de la plus sérieuse à la plus farfelue, ont défilé en procession pendant longtemps. Certains me cataloguent comme « gendre », qui « connaît du monde » et a ses « entrées », surtout pour des « amis ». C'est assez glaçant de se rendre compte qu'on imagine que je vais user de ma position. Quelle position, d'ailleurs ? Comme le dit la formule, c'est « insulter mon intelligence ». Et en tout cas, au moins, insulter mon sens moral, déjà mis à l'épreuve par l'escroc Bonnet.

20

De la platitude d'un rocher

Finalement, nous nous sommes assez peu vus, le président et moi. Rarement même, focalisé qu'il était par ses priorités essentielles. Fidèle, il s'appuya sur ses partisans déclarés pour gérer la thématique sport. Guy Drut, Jean-François Lamour et Marie-Claire Restoux, championne olympique de judo, occuperont les postes de ministres ou de conseillers sport à l'Élysée.

C'est dans le cadre des vacances d'été passées au fort de Brégançon que j'ai pu côtoyer le président et Bernadette dans la « vie réelle ». Proche de Bormes-les-Mimosas, cette résidence officielle tient lieu de villégiature pour les présidents de la République. Ils s'y sont succédé avec plus ou moins d'entrain. Le lieu majestueux, perché en haut d'un rocher, offre une vue à trois cent soixante degrés à couper le souffle. Mais quel piège que ce coffre-fort ! L'ennui, même avec des proches, vous tombe vite dessus. Aucun président n'a jamais osé y faire construire une piscine avec les deniers publics. Alors dès que vous descendez à la plage vous devenez une proie facile pour les paparazzis aux aguets. Postés sur des yachts et équipés de téléobjectifs longs comme des télescopes, ils vous mitraillent allègrement au moindre mouvement. Et vous attrapent la couleur de la culotte à plus de deux cents mètres. Mais j'ai ouï dire que la situation risque bientôt d'évoluer. Je promets de ne pas l'avoir évoquée avec le président Macron.

Au bout de quelques jours, alors que la bougeotte nous gagne tous, il est décidé de faire un saut à Marseille. Direction la chapelle de la Vieille-Charité pour visiter l'exposition Arman. Chirac, grand amateur du sculpteur, se fait une joie de le rencontrer. Juste avant de monter dans sa voiture, il m'annonce : « Thierry, nous dînerons ensemble, avec en plus Gaudin et Muselier. Si tu veux inviter une de tes connaissances marseillaises, n'hésite pas. Rien d'officiel ce soir, nous sommes en vacances ! » Jean-Claude Gaudin est alors maire de Marseille, comme aujourd'hui d'ailleurs, Renaud Muselier, premier adjoint. Je comprends que Chirac n'a pas très envie que sa sortie privée tourne en débat de politique locale.

Je pense aussitôt à Tchou, mon frère de judo, ou à Coche, mon entraîneur. Tous deux sont marseillais jusqu'au bout des ongles et du cœur. Pour que ce soit plus joyeux ou spontané, nous décidons avec Claude de ne rien dévoiler de ce qui attendra l'heureux élu. Le convoi de quatre voitures, président en tête, file vers Marseille, et c'est Coche qui décroche le premier. «Jean-Paul ? Tu es libre ce soir ? Je suis de passage chez toi, ce serait super qu'on dîne ensemble.» Je m'amuse déjà de la tête qu'il fera.

Le téléphone sonne et Claude me passe Chirac, impatient :

« Alors, Thierry, tu as pu joindre quelqu'un ?

– Jean-Paul Coche, président, vous connaissez ? C'est un grand de notre judo national et c'était mon entraîneur.

– Son nom me dit quelque chose. Tu as des détails ? »

Et me voici déroulant la biographie sportive de Jean-Paul, guerrier redoutable, triple champion d'Europe. Un des trois premiers médaillés français aux JO de Munich en 1972, avec Mounier et Brondani. Un «monstre» de 85 kilos qui jouait avec les plus de 100 kilos, vainqueur des «France toutes catégories» à trois reprises. À l'autre bout, je sens Chirac attentif : «Ah bon ?! Mais encore…» Et je lui détaille la médaille de bronze acquise à Vienne en 1975 aux championnats du monde. D'abord la défaite face à la bête noire Fujii, le Japonais. Puis le Russe Volosov, blond comme les blés, atomisé d'un fantastique balayage. J'insiste sur la technique, «une pure merveille», lui dis-je, lyrique. Je décris aussi comment Coche m'a accompagné dans ma carrière. Le président écoute.

Visite de l'expo Arman terminée, s'ensuit une rencontre très agréable avec le grand sculpteur. Puis nous prenons la route du restaurant planqué dans les calanques. Comme prévu, Gaudin et Muselier nous y attendent. Présentations, apéro, discussion. Alors que nous venons de nous installer, Jean-Paul, décontracté, veste de costume avec manches retroussées, comme à son habitude, fait son entrée. Sa tête, pendant quelques secondes, en découvrant la tablée, est magnifique ! Je me charge de le décoincer en faisant les présentations. Et il prend place pas loin du président. Ce dernier le salue chaleureusement, et le remercie d'être venu, comme ça, à l'improviste. La conversation s'engage aussitôt, j'en profite pour préciser que je dois beaucoup à Jean-Paul. Le président reprend : « Heureusement que vous étiez là pour conseiller ce petit jeune. Pas vrai, Thierry ? » Puis après une respiration il se lance dans un descriptif des plus pointus : « Mais c'est surtout quand vous combattiez que vous m'avez épaté. Vos titres européens et votre troisième place aux Jeux de Munich, bien sûr. » La table est à l'écoute, un peu étonnée, mais Chirac enchaîne déjà sur Vienne et se lance avec fougue. Tout y est dans les moindres détails : « Mais Vienne, quel souvenir ! Bon d'accord, il y avait ce fameux Fujii, votre bête noire, je crois. Vous ne l'aimiez pas, celui-là. Mais Volosov, qu'est-ce que vous lui avez mis ! Quel balayage ! Magistral ! Je m'en rappelle comme si c'était hier ! » Claude et moi ne bronchons pas.

Jean-Paul, bouche bée, yeux écarquillés, s'ébaudit de tous ces compliments. Gaudin et Muselier n'en reviennent pas non plus. Ils connaissaient le Chirac amateur de sumo mais sont soufflés devant sa connaissance des subtilités du judo. On reste sur le cas Jean-Paul, qui explique qu'il va quitter ses fonctions d'entraîneur national. Dans les mois prochains, il est prévu qu'il intègre les services de la ville. Gaudin et Muselier se regardent une seconde. À la mairie de Marseille, Jean-Paul s'occupera de la « politique de la ville et des quartiers », jusqu'à sa retraite.

C'est bien simple, on ne parla que de sport, et de l'OM évidemment. Exactement ce que voulait Chirac, qui insista malicieusement sur les qualités du PSG. En quittant les lieux, Coche m'adressa une accolade complice tout en me glissant dans l'oreille : « Coquin, va ! Merci pour cette soirée. » Et il ajouta : « Dis donc, il est fort quand même, le président... »

Le retour à Brégançon est des plus joyeux, cette respiration « pagnolesque » ayant beaucoup amusé Chirac. Il est satisfait de la surprise réservée à Jean-Paul et surtout de la stupéfaction de Gaudin et Muselier. Évidemment, on le sait coutumier de cet exercice de restitution de carrière. Mais un indéniable courant de sympathie a couru entre lui et Coche.

Chirac, ce n'est pas un scoop, aime les sportifs. Il estime et respecte leur parcours, leur détermination, leur caractère. Il profite ainsi du passage dans le Sud de Jean-François Lamour, son conseiller sport et double champion olympique de sabre, pour ouvrir un sujet qui le titille. Après un préambule sur les mérites comparés des élites en tout genre, culturelle, scientifique ou institutionnelle, le président considère qu'un champion olympique a les mêmes mérites qu'un Prix Nobel ou qu'un haut fonctionnaire, et qu'il porte haut les valeurs de la République. Il décide donc de rétablir le principe de remise des ordres nationaux, interrompu après de Gaulle. Devenu rituel, il donne lieu aujourd'hui à de fort jolis moments dans la salle des fêtes de l'Élysée. Il en va évidemment de même pour les paralympiques.

À Brégançon, nous ne traversons pas que des moments légers. Ainsi, ce « week-end de travail » avec Alain Juppé, Premier ministre, à la fin août 1996. Une lourdeur palpable s'est invitée avec lui. Il faut préparer la rentrée gouvernementale et, surtout, justifier l'évacuation musclée, quarante-huit heures plus tôt, des deux cents sans-papiers de l'église Saint-Bernard. Est-ce seulement possible ? L'exécutif, et là il porte bien son nom, reçoit la presse dans la cour pavée de petits galets. Au loin, j'assiste discrètement à l'exercice. Je suis atterré que la puissance publique, en 1996, en soit venue à fracasser les portes d'une église à coups de hache. Et à virer, *manu militari*, des migrants, dont des femmes et des enfants. Les deux hommes, « droits dans leurs bottes » devant les micros tendus, assument tout. Je ressens, après cette pénible séquence, un drôle de vague à l'âme. J'en veux à Chirac de s'assumer tellement de droite en la circonstance. Mais que puis-je faire ? Partir ? Râler ? Engager un débat ? On s'est promis de ne pas tout mélanger, avec Claude. C'est valable pour tous les sujets, les bons comme les mauvais. Même si je sens bien que mon lien avec le président est éraflé.

Bien plus tard, en 2005, il nous fallut réagir à chaud au crash d'un avion de la West Caribbean Airways. Cent cinquante-deux compatriotes martiniquais et le personnel de bord y avaient perdu la vie. Claude et moi venions d'arriver au fort quand Chirac décida d'intervenir publiquement. Branle-bas de combat sur le piton isolé. Il s'agissait d'assurer, avec un minimum de moyens, une prestation présidentielle à la hauteur de cet effroyable événement. Contacts et convocation de la presse, écriture et correction du discours sur un coin de table, repérage du plateau de tournage dans Brégançon même, accueil des journalistes, tournage de la séquence. Nous étions lancés dans une course effrénée pour « ouvrir » le début des 20 heures. Et dans une émotion non feinte, le président délivra avec solennité le message de solidarité de la nation aux familles endeuillées.

Il y eut aussi de grands moments de partage et de détente. Notamment grâce à un de nos amis, personnage au grand cœur et au bagout coloré. J'ai nommé Beep. J'ai fait la connaissance de ce « spécimen » – c'est dit avec affection – au début des années 1990, quand de furieuses parties de poker nous emmenaient fort tard. Nous sommes liés depuis. Claude l'aimait beaucoup. Généreux et touchant, de mère marocaine et de père polonais, on aurait pu le croire sorti tout droit des *Magnifiques*, le spectacle à succès de Michel Boujenah. Beep, c'était une terreur aux cartes.

Été 1997, Claude et moi demandons aux « parents » s'ils ne voient pas d'inconvénient à ce que notre ami vienne passer quelques jours au fort. Il serait le meilleur antidote à l'épaisse austérité du fortin de la République. Dès son arrivée, souffle un vent de légèreté. Beep, nullement impressionné par le contexte, communique son enthousiasme ravageur. Blagueur mais respectueux, riche de ses bourlingages, autodidacte, il se dit prêt à en découdre avec le président. Tous deux se rejoignent sur ce qui va les opposer, un jeu plus subtil qu'on ne le croit, le gin rami. Bernadette adopte aussitôt son hôte, et ce à double titre : elle est très heureuse de pouvoir s'échapper afin de se consacrer à son loisir préféré, la natation, et elle est soulagée de voir sa moitié oublier vraiment pour quelques heures les lourdeurs de sa charge. Trois après-midi entiers, la table de déjeuner se transforme en tripot et en un choc des mondes. Vite complices mais sans jamais aucune familiarité, les duellistes se rendent coup pour coup, appuyés d'interpellations, de rires et de mauvaise foi assumée. On n'est plus à Brégançon, mais de l'autre côté de la Méditerranée. Les «*mabrouk*», « bravo », «cinq sur toi», pour conjurer le mauvais œil, ou encore «*mazel tov*», « félicitations », ponctuent chaque tour. Grand amateur de reparties ou de taquineries, Chirac en oublie la lecture de ses anthropologues éminents et du dernier *SAS*, qui ne semble même plus l'émoustiller. Beep fut touché de l'accueil simple et chaleureux que le couple présidentiel lui avait réservé. Dès son départ, la torpeur retombe, incapable que j'étais de maintenir pareille récréation.

Si un jour vous croisez un type jovial, petit et rondouillard qui vous jure, sur la tête de sa mère, qu'il a joué au gin rami avec le président Jacques Chirac au fort de Brégançon pendant trois jours tout en lui racontant des histoires qui sentaient bon le jasmin et la fleur d'oranger, ce type-là dira la vérité.

21

Saynètes et anecdotes

M'offrir d'entrer dans cette famille fut, au-delà de notre « histoire », une marque de confiance de la part de Claude. Et je sais avoir répondu à cette légitime exigence. Évoluer dans ces sphères, ou du moins pas loin, vous oblige à la retenue, à la discrétion et à mesurer l'épaisseur des choses. J'ai depuis toujours préservé notre lien d'un déballage intime ou de scoops spectaculaires. Et si une certaine presse de papier glacé, respectable et classieuse, eut accès à notre trio familial ou à notre descendance pour ses unes ou ses reportages ciblés, ce n'est pas de mon fait. Plus de vingt ans ont passé et nos vies ont été recomposées. Les enjeux sont ailleurs. Acteur ou spectateur actif, il me plaît aujourd'hui de narrer ces moments enfouis du passé, avec le souci permanent du respect mais aussi celui d'affirmer ma vérité.

Claude. Raconter le détail de la fin de notre relation n'a aucun intérêt, à part pour les « *Voici*-teurs » en manque de sensations. Très peu pour moi. Tous autant que nous sommes, nous avons vécu des séparations. Diverses, variées, usantes, déchirantes. À chaque fois c'est un chaos et, quels qu'en soient les motifs, on en sort estourbi, qu'on ait eu tort ou raison. D'ailleurs ça n'existe pas de n'avoir eu que tort ou raison, ce serait trop simple. Je ne me répandrai donc pas en révélations sulfureuses ni en développement de quelque secret enfoui pour expliquer notre désunion. Il n'y en a pas. Comme beaucoup, je crois que, simplement, nous avons été, avec le temps et une pression ambiante supplémentaire, et malgré le bonheur que nous a apporté notre fils, confrontés à notre différence d'appréciation de ce que pourrait être notre avenir commun. Une différence de longueur d'onde. Je m'étais vu trop beau, trop fort et le défi que je m'étais lancé de « l'enlever sur mon cheval » se fracassa sur les hautes exigences de sa réalité. Ou inversement, sur la réalité de ses hautes exigences. Ça marche aussi. Si je m'en suis voulu, c'est d'avoir imaginé que c'était possible. Cette naïveté nous a « tués ». L'homme de sa vie, c'est son père. Et parfois je l'assimile, elle, à une sainte dans l'exercice d'un sacerdoce. Ou à un grognard de l'Empire. Son dévouement à cet homme est absolu et elle y laissa beaucoup. Ce qui m'importait, après, c'était de réussir notre séparation, pour notre fils. Quand les choses se font avec quelqu'un d'intelligent qui sait où se situe l'essentiel, ça aide. Claude aida beaucoup en s'impliquant énormément dans ce nouveau rapport. Chacun, à l'écoute de l'autre, tenta d'offrir le meilleur dans ces circonstances. Bernadette et Jacques, qui connaissaient la vie, continuèrent à m'accueillir à leur table, où qu'elle fût, à Paris ou ailleurs. Et les moments «familiaux» officiels, des deux côtés, furent assurés année après année, pour la plupart. Rentrée des classes, vacances, week-ends, baptême tardif, visites aux profs... tout fut fait pour assurer un maximum d'équilibre. Le temps de la douleur ou de la colère passé, je persiste à croire qu'on peut «cheminer» autrement. Encore faut-il le vouloir. L'accomplissement d'un enfant me semble un prétexte suffisant, voire une raison essentielle. Encore de la naïveté? Mais tout cela est bien loin dorénavant, et mon fils est un homme et c'est lui qui nous gère.

Bernadette. Tout bêtement dire par ces quelques lignes l'affection que Bernie me témoigna, constamment, et malgré la tempête. Elle n'y était pas obligée et ça ne pouvait être feint. La grand-mère de mon fils ne se comporta jamais en juge. Sûrement était-elle compréhensive des complexités sentimentales, elle qui leur avait payé un lourd tribut. Au début je l'appelais «madame», puis, à force de me faire taquiner, «Bernadette», puis «Bernie» s'imposa. Elle s'est toujours montrée d'une grande gentillesse à mon égard, se souciant constamment de mes parents, de ma vie et de mes projets. À l'occasion un message, un mot, un déjeuner. Sa maison, je l'ai dit, me fut toujours ouverte, sans arrière-pensées ni reproches. Elle reste l'opposé du portrait répandu d'une femme acariâtre, sèche et sans affects, et la faire rire était un de mes exercices préférés.

Audition. On ne peut oublier que le président Chirac fut rattrapé par la brigade des « nouvelles mœurs » en politique. C'était la lutte des Modernes contre les Anciens et ces derniers, tous autant qu'ils étaient, droite et gauche confondues, fonctionnaient depuis des lustres, quand c'était nécessaire, en mode « petits arrangements entre amis ». C'est du moins ce que l'on en dit. La modernité a du bon quand elle renforce la démocratie. En ces temps mouvants, j'en fus le témoin direct, et même une victime collatérale avec une convocation en bonne et due forme, remise en mains propres par un motard de la gendarmerie. Même quand on n'a rien à se reprocher, arriver pour une audition boulevard des Italiens devant deux juges du pôle financier relève d'un exercice dont je me serais bien passé. Je m'étais muni de documents personnels – passeport, agenda, relevés bancaires, fiches de paie – car je n'avais aucune idée précise de ce pour quoi on voulait m'entendre. Je ne suis pas l'archétype du phobique administratif. Je garde tout, je range tout.

J'appris en m'installant que j'allais témoigner dans le cadre de « l'instruction des marchés truqués d'Île-de-France, et de l'affaire des voyages payés en liquide ». Très bien… « J'ai des billets d'avion à votre nom pour le Kenya. Vous pouvez m'expliquer ce que vous faisiez à Nairobi ? » m'assena le premier. Pardon ? C'est où le Kenya ? Et Nairobi, connais pas.

La lecture de mon passeport aux prétendues dates du voyage, croisée avec mon agenda, en fit foi. Litige évacué. Mais tout en politesse et sans mettre de pression, le second enchaîna sur une question badine : « Vous avez bien travaillé à la mairie de Paris ? » Mon degré de sidération et d'énervement monta d'un coup. Me poser cette question relevait soit d'une légèreté dans les enquêtes en cours, soit d'une provocation. Il était extrêmement facile de vérifier que je bossais à Canal depuis 1992. Fiches de salaire et contrat d'embauche à l'appui, je leur démontrai l'évidence. Je fus quand même surpris que deux pointures du parquet perdent deux heures avec moi avec des questions aussi creuses. S'ils voulaient se « faire » Chirac, je n'étais pas le bon client. Invité en ces lieux comme « témoin » – de quoi ? – et quittant leur bureau dans un au revoir de cryothérapie, je n'entendrai jamais plus parler de cette affaire, sauf comme assidu du 20 heures de France Télévisions.

« Les Guignols ». On m'avait alerté du passage d'un sketch dans lequel « apparaissait » Martin. Pardon ? Et il fait quoi, mon fils, dans « Les Guignols de l'info » ? Réveil mis à 7 heures, je tombe sur la rediffusion de la veille. Au menu, évidemment du Chirac. Mais, dans le sketch, surgit une petite marionnette en marinière à voix d'enfant qui s'agite sur ses genoux et se fout de lui. Je comprends illico qu'on a instrumentalisé le « rôle du petit-fils » pour ringardiser Chirac. Ça, à la limite, je m'en fous. Mais, en revanche, que Martin, par ricochet, symbolise la modernité et la critique de la rue, franchement je suis choqué ! Dans ce cas de figure, les « Guignols » ont déraillé : cette marionnette d'enfant va atteindre mon fils, si je laisse faire. Ce n'est plus une personnalité publique reconnue qui est caricaturée en marionnette mais l'inverse dans le cas de Martin. Je vois déjà les casse-pieds à sa poursuite dans la cour de l'école : « T'étais drôle avec ton grand-père hier... ! » Je file à Canal, la bave aux lèvres. Après un crochet matinal par les bureaux de Lescure et de De Greef, je me retrouve face à l'équipe des auteurs des « Guignols ». Ils comprennent mon argument et s'excusent platement en me conseillant d'aller voir Bruno, le grand manitou de l'émission. Gaccio, je l'attrape dans le hall avec... son bébé en poussette. En une minute c'est plié : « Oh, pardon ! Mais bien sûr que tu as raison ! À force d'être dans notre truc, on ne voit plus l'évidence ! Ne t'inquiète pas. » La marionnette du « petit-fils » disparaît aussi sec et définitivement.

La filature. Qui c'est ce type dans mon rétro ? Je ne suis pas parano mais pas aveugle non plus. Alors, quand je remarque cette moto qui me colle aux basques, me vient l'idée de voir jusqu'où ça va aller. Séparé maintenant depuis quelques mois d'avec Claude, j'ai regagné mes pénates à Puteaux. Et c'est en filant vers Paris, que j'ai repéré le point fixe de ce deux-roues poisson-pilote. Pendant tout le trajet, j'ai bien vu qu'il accélérait ou freinait de manière à garder une certaine distance entre nous. Une fois garé, je fais le tour du pâté de maisons et, planqué à l'angle d'un immeuble, je le vois poser son engin. C'est moi maintenant qui l'ai en point de mire. Le temps de mon rendez-vous, ça cogite sévère pour comprendre qui peut être ce type et ce qui me vaut cet honneur. Un paparazzi en mal de scoop graveleux ? Le représentant d'une quelconque officine chargé de me surveiller pour rendre compte de ma nouvelle vie ? En sortant, je décide donc, d'un bon pas, d'aller attraper le coquin. La moto est toujours là, sur le trottoir, casque attaché à la roue. Mais personne, pas un chat. Alors je me mets à hurler, seul, dans la rue : « Viens, espèce d'enfoiré, t'es où ? Viens ! » Pour seule réponse, les regards interrogatifs de passants qui accélèrent le pas. Bon. Sous quelques gouttes, j'entreprends de me venger méticuleusement sur la mécanique : je tords les rétros, les manettes de frein et dégonfle les pneus. Peut-être que ça le fera rappliquer. Non. À grands coups de pied, je décroche son casque. Puis, reprenant mon souffle, j'écris un mot que je laisse sous son petit pare-brise : *C'est moche, il pleut, tu aurais mieux fait de rester chez toi.* Après ce pauvre trait d'esprit, j'embarque le casque tel un trophée. Par la suite, mon rétroviseur resta vide de toute présence intempestive.

Le président et la star. Le Grand Palais accueille l'exposition « Picasso et ses maîtres ». Pendant près de quatre mois, la foule se presse et le succès est considérable. J'ai été convié à la « visite privée » un mardi en tout début de soirée et je rejoins, ventre à terre, mon « ex-belle famille », qui m'a fait cette gentillesse, trop heureux de pouvoir vivre ce moment privilégié.

J'escalade les quelques marches qui mènent au grand hall. Tout le monde est déjà là, le président qui semble en forme, Martin et Bernadette qui m'embrassent et Claude en cheffe d'orchestre. C'est toujours un plaisir de les retrouver et de les voir ensemble. Alors que notre troupeau se dirige vers la première salle, arrivent en sens inverse… Mick Jagger et sa compagne. Tout le monde s'arrête, évidemment, et la star mondiale vient saluer Chirac et Bernadette avec un flot de courbettes, qui sied à cette icône anoblie par la reine. Mick Jagger, quand même ! Une courte séance de civilités s'engage et le Stone confirme au président, enchanté, son amour de notre pays. Puis chacun reprend son chemin après un dernier petit signe amical. Au bout de quelques mètres, Chirac, qui marche juste à côté de moi, jusqu'ici silencieux, m'arrête d'une main sur l'épaule et me demande le plus sérieusement du monde :

« Dis-moi, Thierry… peux-tu me rappeler le nom de ce braillard… ? »

Tout en contrôle pour ne pas éclater de rire ou lui montrer ma stupeur, je lui réponds sobrement :

« C'était Mick Jagger, président, le chanteur des Rolling Stones.

– Ah, parfait ! » me réplique-t-il en repartant à petits pas vers ce pour quoi il était venu et qui l'interpellait bien plus.

Nom : Chirac. Officiellement, pour l'état civil, Martin s'appelle Chirac. Son nom usuel est Rey-Chirac, qui figure partout sur son passeport comme avant sur ses cahiers de classe. Mais ne nous y trompons pas, le choix de ce nom est le résultat d'une décision commune. Plusieurs raisons à cela, dont la première peut se comprendre aisément : Jacques et Bernadette ont eu deux filles et le nom Chirac risquait de passer à la trappe. Il me parut naturel alors de « sauver » cette « marque ». Mais ce qui me motiva est plus d'ordre, disons, sociétal : en effet, au nom de quoi – c'est le cas de le dire – un enfant issu d'un couple non marié devrait porter le nom du père ? J'ai eu des amies mères célibataires dont les enfants portaient le nom d'un homme qui n'était plus là, ou si peu ! Je ne parle même pas de pension alimentaire… Sans en faire des tonnes, je pense que nous, les hommes, devrions assumer et passer un deal avec les femmes : mariés, le nom du père pour l'enfant ; pas mariés, le nom de la mère. Ça ne rattrapera pas les 20 % de différence de salaire entre nos genres, mais ce sera notre manière de nous engager. Quand j'ai été en situation, je me suis appliqué cette conviction à moi-même. Soit je me mariais et notre petit(e) porterait mon nom. Soit il porterait le nom de sa mère. Ce qui fut fait. Ça n'a jamais accéléré ma volonté de glisser un anneau à mon doigt. Et Martin est bien mon fils.

22

Et je vins à Lagardère

6 juillet 2005. Congrès du CIO à Singapour. Coup de tonnerre. Alors que Paris est donné favori, Londres est élu pour organiser les Jeux olympiques et paralympiques de 2012. Avec Moscou, New York, Madrid, la compétition a été haletante. La défaite est cruelle. Bertrand Delanöe, le maire, est effondré. Durant toute la phase de candidature, c'est en leader et en politique qu'il a porté le projet. Avec passion et pertinence. Son art oratoire reconnu et notre dossier, « parfait », sauront convaincre, c'est sûr. Personne n'a cru bon, dans son entourage ou parmi ses opposants, de contester son autorité et notre positionnement. Le jour J, les membres votants du CIO seront plus sensibles au discours de Sebastien Coe, issu de la « grande famille du sport ». Pendant sa présentation, le double champion olympique anglais trouva les mots justes et délivra les bons messages. Et ce n'est pas le

film de Luc Besson, censé valoriser notre projet, ou les errements de notre cellule internationale qui nous auront sauvés. À deux voix près, Paris mord la poussière. Le traumatisme sera durable.

C'est pendant cette période que j'ai croisé Arnaud Lagardère, patron du groupe éponyme. Toqué de sport, surtout de tennis, il s'était particulièrement impliqué dans la candidature, notamment pour manager le club des entreprises partenaires. La déception commençant à s'estomper, Arnaud décide de ne pas en rester là. Son ambition ? Redonner un très grand club omnisports à la capitale. Même avec un passé prestigieux, les grands clubs historiques, le Stade français, le PUC, le Paris Université Club, manquaient terriblement de moyens, et le PSG avait cessé d'exister. Même le Racing Club de France, le RCF, rechignait à s'engager dans une politique de sport de haut niveau digne de ce nom. Et ce malgré les ressources de la Croix-Catelan, forte de ses quatorze mille membres. Situé au cœur du bois de Boulogne, sur près de sept hectares dédiés au sport de loisir, cet écrin accueille une élite huppée. Pour y pénétrer, il faut montrer au bout de sa patte blanche une carte de membre qui coûte une petite fortune. On peut alors s'ébattre sur les quarante-cinq courts de tennis, ou dans les cinquante mètres de long du grand bassin de natation. Le petit ne fait *que* trente-trois mètres et accueille plutôt les enfants. On peut aussi se réchauffer ou se sécher dans un club-house à l'anglaise. La concession de ce site exceptionnel, accordée au RCF en 1886 (!), arrivait à échéance.

Printemps 2006, j'intègre bénévolement le groupe des « Lagardère's boys » qui travaillent au projet de reprise de la Croix-Catelan. Celui-ci a été imaginé par Arnaud, qui entend redynamiser cette Belle au bois dormant sportive. Après plusieurs séances, un véritable plan de relance du sport de haut niveau parisien est présenté à une commission municipale *ad hoc*. En charge d'évaluer les candidatures, y siègent treize élus des divers groupes politiques du Conseil de Paris. Dont leur président, Yves Contassot pour les Verts, Didier Bariani pour l'UDI, Jean Villermoz pour le PCF, Patrick Bloche pour le PS, etc. Si je rappelle ce fait et ces noms, c'est pour confirmer que le processus d'attribution fut on ne peut plus transparent. Notre commando, emmené par Arnaud Lagardère, Guy Forget et moi-même, planche pendant plus d'une heure pour convaincre les édiles. Le 10 juillet 2006, le Conseil de Paris vote l'attribution de la concession de la Croix-Catelan au groupe Lagardère, suivant les recommandations de la commission.

La remise officielle des clés, à minuit pile, dans la noirceur du bois de Boulogne, restera un moment singulier. Les « Racingmen » ont attendu l'ultime seconde pour quitter les lieux. Alors que nous prenons possession du bijou, au loin la tour Eiffel scintille de mille feux. Nous plongeons ensuite dans la piscine olympique, pour le plus original des bains de minuit.

Dans la foulée, je suis nommé président du Lagardère Paris Racing section judo, le LPR donc, fruit de la fusion du Paris Judo, ex-PSG Judo, et du Racing. Les anciens du Racing sont ravis de voir arriver Lagardère, et surtout ses moyens financiers. Mais devoir se fondre dans un nouveau cadre et avec une nouvelle équipe, il n'en était pas question. Pendant plusieurs mois, il me faudra, à regret, « chougner » pour m'imposer. Souvent contre d'anciens copains judokas. Et même contre mon entraîneur historique, Serge Feist. Mais nous sommes là pour avancer et faire grandir ce club. Après une première saison mouvementée, la rentrée de septembre 2007 se déroule dans un esprit plus apaisé. En particulier grâce aux deux ONVI, objets non volants identifiés. En judo c'est mieux. Arrivés dans nos bagages du Paris Judo, Lucie Décosse et Teddy Riner, deux oiseaux rares. Dès la mi-septembre 2007, à Rio, Teddy remporte son premier titre mondial à dix-huit ans et Lucie finit vice-championne. Le LPR récolte ainsi ses premiers grands résultats internationaux et tous, anciens et nouveaux, trinquent ensemble à ces magnifiques victoires.

De plus en plus investi dans la vie du club, il me semble évident d'aller à Lagardère. Professionnellement, s'entend, et au-delà de mon poste de président bénévole. J'en crève d'envie. Depuis plusieurs mois, je discute de cette éventualité avec Arnaud Molinié, proche collaborateur du boss. Lagardère a besoin de compétences pour piloter la locomotive et assumer sa promesse de grand club.

En ce début janvier 2008, je fais le grand saut en quittant Canal et me présente rue de Presbourg, siège de Lagardère, pour signer mon contrat. Son élaboration a été un jeu d'enfant. Fiches de salaire et avis d'imposition à l'appui, je souhaite bénéficier du même traitement qu'à Canal. Ni plus, ni moins. J'intègre le groupe au titre de « directeur du développement du sport de haut niveau ». Après quinze années de bons et loyaux services pour la chaîne cryptée qui m'a tant donné, je me lance dans une nouvelle aventure.

Avec les Jeux de Pékin du mois d'août prochain, le boulot ne manque pas. Toutes les sections sportives sont concernées, escrimeurs ou nageurs en passant par les athlètes ou les judokas. Et des stars comme Christine Arron, en athlétisme, Laura Flessel en escrime ou Teddy Riner en judo. De moins connus aussi, également internationaux et chronophages. Et les entraîneurs, les médecins, les kinés. Et les contrats, les plans de carrière et les horaires d'entraînement. Il faut gérer ce petit monde au quotidien. Et imprimer notre marque.

Pékin. La chaleur est étouffante quand démarrent, le 8 août, les Jeux de la XXIXe Olympiade. Ceux du gigantisme. Devant les quatre-vingt-dix mille spectateurs du Nid d'oiseau, nom du stade, quatorze mille figurants vont dérouler, pendant trois heures, la chorégraphie parfaite d'une cérémonie d'ouverture grandiose, en mondovision. Coût estimé ? 100 millions de dollars. Ça pouvait être beau…

À quelques mètres de nous, Nicolas Sarkozy apprécie, installé dans une tribune officielle bondée de présidents de républiques en tout genre. Il va bientôt apprendre que Poutine, assis pas loin, l'air de rien, a ordonné à ses troupes de marcher sur Tbilissi, la capitale géorgienne. Le président russe a bafoué la trêve olympique, période de paix ou de cessez-le-feu traditionnelle depuis les Jeux de la Grèce antique. On remarquera qu'aux récents Jeux olympiques d'hiver de Pyeongchang, en 2018, les deux Corées auront fait l'effort de la respecter.

Le marathon pékinois démarre. Le matin du premier jour, je découvre la tribune de presse et mon poste de commentateur. Quatre Jeux et seize années me séparent de mes débuts catalans et Canal, fidèle, m'a gardé la place. Mais mon rôle a évolué : maintenant nous sommes deux et le binôme que nous composons avec David Douillet se régale. Ici, j'ai la chance de pouvoir suivre mes deux oiseaux rares du LPR, plus une nouvelle protégée, Stéphanie Possamaï. Teddy Riner, du haut de ses dix-neuf ans, ramène une solide médaille de bronze. C'est beau et rageant à la fois, tant l'or lui tendait son cordon. Stéphanie, brouillonne, compense avec une ardeur de chaque seconde et arrache un bronze salvateur. Lucie Décosse, favorite, perd en finale, surprise par l'éclair d'un autre monde de sa rivale japonaise Tanimoto. Horrible. À la sortie du tatami, nous nous étreignons de longues minutes dans une accolade fraternelle. En larmes, elle me chuchote son malheur et se promet de vaincre aux Jeux suivants. Ému, je fais le serment de l'accompagner. Quatre ans plus tard, en 2012 à Londres, Lucie tiendra parole.

Le soir, judo plié, je file animer « Le Club JO » sur Europe 1, radio du groupe Lagardère. Pendant deux heures, en compagnie de la talentueuse Astrid Bard, nous recevons les médaillés du jour pour des interviews débridées. Après des semaines intenses, la tension de la compète et la médaille libératrice, nos invités ont envie de se lâcher. Nous, on adhère. La deuxième semaine, je passe de stades en salles pour suivre les quelque trente pointures du LPR de l'équipe de France olympique.

Jeux finis, c'est un soulagement de retrouver la mère patrie. Et un bonheur, après trois semaines du ciel gris saturé de Beijing. Six périphériques entremêlés enserrent une population de plus de vingt millions d'habitants. Presque le double qu'en Île-de-France. Franchement, cette cuvée 2008 fut la plus décevante avec celle d'Atlanta en 1996.

Mais déjà c'est la rentrée de septembre. La séquence radiophonique chinoise a dû être convaincante. On me propose de continuer sur Europe 1 avec « Le Club Sport », quotidienne de début de soirée. Il s'agit simplement, pour les consultants maison, de commenter l'actualité sportive du jour. La voix de stentor de Jean-Claude Perrin, figure emblématique de la perche, résonne haut dans le studio Coluche. Pierre Fulla (cf. Nagano) vient lui mordiller les mollets de ses affirmations approximatives. Alain Prost analyse en direct les résultats des Grands Prix de F1. Michel Desjoyeaux nous offre ses péripéties océanes par téléphone satellite, lui qui vogue en tête du Vendée Globe. L'ambiance est chaude et sympathique. Et les chiffres d'audience sont plutôt bons.

Et puis il y a Laurent Fignon, immense champion, fort caractère, double vainqueur du Tour de France. Un soir de 2009, nous devisons comme à notre habitude sur le trottoir, devant la station, rue François-Ier. Fulla fume une cigarette, on échange nos impressions. Puis Laurent, tranquillement, nous confie qu'il vient de subir une batterie d'examens et on lui a trouvé des « grosseurs » dans le ventre et la poitrine, peut-être des métastases. On sent qu'il a envie de se confier, de partager ce qui lui tombe dessus. Il pense que ça va aller quand même. Avec Pierre, on reste un peu figés, maladroits, bredouillant des lieux communs sur « la médecine qui fait des progrès incroyables ». Laurent monte dans son taxi sur un « On verra bien » encourageant. Il décédera en août 2010, à cinquante ans.

De 2008 à 2010, mon quotidien allait être rythmé par ma passion Lagardère. Nous pourrions, grâce à l'engagement d'un homme, faire grandir le sport français. Il se proposait de valoriser certaines disciplines olympiques, de les amener à plus de professionnalisme, en apportant les moyens financiers et structurels en rapport avec cette ambition. N'est-ce pas, finalement, la vocation naturelle d'un club que de choyer ses athlètes ? Quoi de mieux, pour eux, que d'évoluer en toute sérénité dans ce cocon pour aller briller ensuite en équipe de France. Tout le monde y gagnait ! Notre but était de travailler à mettre les meilleurs sportifs parisiens dans les meilleures conditions, avec les meilleurs entraîneurs, un suivi médical performant et un statut social rassurant. Trop de fédérations manquaient cruellement à leurs devoirs en la matière. Beaucoup de champions en activité ou en devenir peinaient à boucler leurs fins de mois.

Lagardère proposait une autre voie, complémentaire, pour pallier les défaillances. Alors, oui, on peut dire que j'étais à fond.

Les mois passant, je vais vivre quelques expériences qui vont m'éclairer sur la personnalité de mon nouveau boss. L'industriel, le patron de presse, l'amoureux de sport se révéla insaisissable, intraduisible pourraient dire certains de ses collaborateurs qu'il a dévorés. Il trace sa route sans se soucier des cancans ni des jugements. L'originalité de son management interpelle et n'est pas dans les mœurs d'un establishment dont il n'apprécie ni les codes ni l'entre-soi. J'en fus le témoin direct.

Début mars 2008. Molinié m'appelle un samedi et me demande de préparer un sac vite fait. Rendez-vous dans trois heures, avec passeport, sur la base de Villacoublay, aéroport militaire qui abrite les avions de la présidence de la République. Libre comme l'air et un brin amusé, j'obtempère sans poser de questions. Les barrages passés avec une facilité déconcertante, me voici dans le hall, rejoignant les hommes qui seront du voyage. Voici Thierry Funk-Brentano, un des trois pontes de chez Lagardère, au contact avenant. Puis un homme « fité » au sourire carnassier, Matthieu Pigasse. Alors banquier « étoile » chez Lazare, il n'est pas encore l'actionnaire du journal *Le Monde* ni de la revue *Les Inrocks*. Franche poignée de main, il retourne pianoter sur son BlackBerry. Je pense qu'il y avait aussi Éric Deblicker, entraîneur de tennis et de Richard Gasquet en particulier. Dans un tourbillon de bonne humeur arrive Arnaud

Lagardère. Sa voix pêchue claque en donnant le signal de départ : « Allez, en route… pour Dubaï ! » À nous, donc, les Émirats, et c'est pour moi une première. Dans un crépuscule bleuté de froid, une accélération soudaine arrache du tarmac gelé notre jet privé, un rutilant Bombardier dix places. Par le hublot, calé dans mon siège de palace, je contemple, songeur, les lumières de Paris qui s'estompent déjà. Dans quel monde suis-je tombé ?

Parce que, avec Arnaud, tout paraît normal. Et évident, comme il nous l'expose pendant notre dîner dans un ciel étoilé. Notre escapade de trois jours, sorte de séminaire, liera l'utile à l'agréable. D'abord le boulot : on va pouvoir apprendre à mieux se connaître. Il aura ainsi tout le temps de jauger l'« animal » que je suis censé être. Puis faire un point précis sur le projet sportif : constat, développement, ambitions. Enfin, suivre *in situ* les tennismen du Team Lagardère engagés dans le tournoi ATP 500 de Dubaï. Lui aura, seul, des rendez-vous d'un autre genre que sportif. Notamment avec les actionnaires moyen-orientaux du groupe. Après ces réjouissances, on pourra se dorer au soleil du golfe Persique.

Sept heures plus tard, nous survolons l'archipel de Palm Jumeirah et son croissant lumineux de dix kilomètres. Le passage éclair en douane s'apparente plus à un accueil protocolaire qu'à un contrôle. Notre délégation traverse une ville-chantier qui grignote chaque jour un peu plus sur le désert. Partout, les grues surplombent les immeubles en construction. La star incontestée de ce Lego géant, celle qui fait se tordre les cous et cligner des yeux ? La tour Burj Khalifa, qui vient se planter dans le ciel. Bientôt, ses huit cent trente mètres en feront le plus haut gratte-ciel du monde.

Déjà se profile le Burj al-Arab, le palace « 7 étoiles » en forme de voile gigantesque. Haut de plus de trois cents mètres, posé sur un îlot artificiel, il est l'un des plus onéreux du monde. Quand notre limousine empreinte l'unique voie qui y mène, nous pénétrons dans l'ultime de ce que certains appellent le luxe. Arnaud n'a pas lésiné. Il me faudrait presque un GPS pour retrouver la sortie de la suite duplex de deux cents mètres carrés qu'on m'a attribuée. Partout, les dorures rivalisent avec l'ultrachic bling-bling et l'épaisseur de la moquette avec la douceur des couettes.

Pendant soixante-douze heures, nous enchaînerons d'improbables séquences. Comme ce dîner aux saveurs locales, dans le désert et sous les tentes bédouines plantées exprès pour nous au milieu des dunes. Nos « réunions » se tiendront de manière informelle, en maillot de bain, sur la plage et en plein cagnard. Avec le soleil qui frappe, impossible de lire le Powerpoint sur l'ordi et je ferai un bide. Entre deux plongeons rafraîchissants, nous définirons l'avenir. Ou plutôt son ébauche. Savoureux, mes randoris avec Pigasse, qui vient me défier pour comprendre comment ça marche, le judo. Dans des éclats de rire, il connaîtra le goût du sable. On ne peut pas être fort en tout, tout de suite. Aussi, ce dîner dans la paisible pénombre des voûtes du restaurant aquarium Nathan

Outlaw. Turbots, mulets ou daurades assistent aux premières loges à notre dégustation de la chair onctueuse de leurs congénères. Encore, cette balade dans les souks de la médina ultramoderne. J'ignorais que ces deux termes pouvaient être accolés… Dans ce dédale de carton-pâte, pourrait-on croire, on s'excuserait presque de ne pas avoir mis des patins. La démesure s'étale dans un béton aseptisé, façon Disneyland mais sans Mickey. Dubaï, c'est le paradis de l'artificiel. Le mérite d'Arnaud aura été de me faire découvrir ce pays à la *Truman Show* mais, comme ces contrées ne font pas partie de mes références, je n'y ai jamais remis les pieds depuis. En redécollant vers la réalité, je pense à mon hameau paumé au bout d'un chemin d'Ariège. Je me sens riche de notre différence.

Autre séquence romanesque. En 2009, Barcelone accueille trois cents Lagardère's boys venus du monde entier pour un séminaire. Toutes les branches doivent y participer, que du lourd ! Nous ne sommes que huit privilégiés à embarquer dans l'Airbus A320 mis à la disposition du boss pour rejoindre la Catalogne. Un palace volant. Je m'enfonce dans un des douze et gras fauteuils, avec la place qu'il faut devant pour déployer mes courtes jambes, en toute simplicité.

Badgé, j'apprécie d'avoir une place réservée au premier rang de la délégation française. Je n'ai pas l'expérience de ces grand-messes et il me tarde de voir à quoi ça ressemble. Je vais en avoir, à défaut d'argent, pour mon accréditation gratuite. Attention, le show démarre.

Sous un tonnerre d'applaudissements et dans la lumière d'une poursuite, Arnaud Lagardère, tout sourire, fait son entrée. Avec aisance, il arpente une immense scène et délivre une véritable performance. Tel un artiste bondissant, agile, jonglant avec les chiffres, passant de l'anglais au français, il égrène les slides sur un tempo soutenu. Le pensum devient spectacle vivant. Si je n'ai pas tout saisi de l'importance du fond, je me suis régalé du numéro. J'aurais presque pu allumer un briquet. Re-applaudissements, c'est l'heure du déjeuner. Mais déjà il faut redescendre pour le clou du séminaire. Après une intervention tout en ego de Bernard-Henri Lévy, arrive le moment tant attendu. Jean-Pierre Elkabbach, increvable pilier d'Europe 1, recasé à CNews depuis, a la charge d'interviewer l'invité surprise. Et de le faire briller avec subtilité. Quand il veut, il sait faire. Arnaud Lagardère, en bon Monsieur Loyal, fait monter le suspens et annonce… Tony Blair, qui fait une entrée classieuse. L'assistance est aux anges.

L'ancien Premier ministre britannique, brillant, captive son auditoire. Il est question du monde selon Blair. De l'Irak, de l'intervention des forces coalisées, de son rapport « caninisé » avec le grand allié américain. Et aussi, déjà, de la recomposition du Levant. Quarante-cinq minutes d'un cours de géopolitique. Pas de grandes révélations mais la force de conviction de son point de vue. Fin de l'exercice.

Y a-t-il des questions dans la salle ? Je me tâte à peu près deux dixièmes de seconde et, comme personne n'y va, je ne résiste pas. Car, pour moi, Blair c'est surtout le responsable du traumatisme de Singapour en 2005. Celui qui, avec Sebastien Coe, nous a fait passer l'organisation des Jeux de 2012 sous le nez. Je lève la main pour en avoir le cœur net, et, dans un silence attentif, en essayant de choisir mes mots : « Londres et Paris étaient en compétition pour organiser les JO et vous avez gagné à deux voix près. Je me permets de vous en féliciter. Pouvez-vous nous révéler aujourd'hui ce que vous avez dit aux trente-trois membres du CIO qui se sont succédé, un à un, dans votre suite et pensez-vous que cela a contribué à votre victoire ? » Puis, comme je suis lancé et, donc, plus détendu, je l'interroge sur ce qu'il a ressenti en regardant le portrait quelque peu ambigu fait de lui dans *The Queen*. Helen Mirren, dans le rôle-titre, a remporté l'oscar et le film de Stephen Frears est un petit bijou.

Je suis content de mon effet taquin alors que, dans mon dos, quelques gorges se raclent. Tony Blair, tout en souplesse, répond qu'il ne pourra s'exprimer qu'après la tenue des Jeux de Londres en 2012. Quant au film, il aurait tellement adoré le voir mais, par manque de temps, et il le regrette, il n'a pas pu. Mais il nous promet de vite rattraper cette omission. Une démonstration de l'art de l'esquive. J'aurai au moins essayé de titiller le bonhomme. Les intervenants suivants se préoccuperont de problématiques plus politiques.

Alors que la salle se vide, je rattrape la garde rapprochée d'Arnaud, en chemin vers le port, pour une balade en mer. Un joli petit yacht appareille.

L'ambiance, après ce grand oral, est à la décompression. Au terme d'un dîner sympathique sur les Ramblas, rendez-vous est pris pour un footing matinal. Un peu avant 7 heures, Arnaud, athlète du petit jour qui ne se nourrit que d'une pomme, nous lâchera un à un, gardes du corps et suiveurs compris.

L'année d'après, je verrai de moins en moins cet homme si peu géométrique. Et doucement tout va se déliter. En cette saison 2010, quelque chose se tend. Puis les effets de la crise frappent l'entreprise de plein fouet. Les budgets se tarissent, des athlètes et des entraîneurs sont remerciés. Teddy Riner nous quitte pour Levallois. Nous n'avons pas été capables ne serait-ce que de nous aligner sur leur proposition. Le géant de vingt ans est en train de construire sa légende. Dans ses bagages, il emmènera la jeune et jolie Luthna, collaboratrice d'Arnaud.

Le temps n'est plus au mécénat. Avec mon acolyte Jean-Michel Bellot, ancien grand perchiste français, nous gérons au quotidien ce qui semble être une fin. Le beau projet de grand club parisien se meurt, irrémédiablement. Dans ces temps de grande incertitude économique, chacun peut admettre qu'il est légitime de réduire la voilure. Mais pour nous, ça va bien plus loin que cela. Il s'agit d'un renoncement, pur et simple. Et tout larguer aussi vite est difficilement justifiable pour des entrepreneurs censés être responsables. Ça sent le retournement de casaque. Ou l'abandon. Et il est agaçant de voir les puissants « jouer » avec le sport. Pourtant la sentence tombe : « On ferrrme ! »

Juin 2010, conseil d'administration de la section escrime. Thierry Funk-Brentano représente Presbourg, le siège. Mon voisin à la table, comme souvent, il se penche vers moi et me glisse d'un ton badin : « Arnaud te fait dire qu'il est temps de passer à la caisse. » La classe… Août 2010, j'ai rendez-vous en haut lieu avec Pierre Leroy, cogérant du groupe qui me reçoit pour régler à l'amiable les derniers détails de mon congé. Cet homme, classieux et prévenant, n'oublie pas que j'ai quitté Canal pour soutenir leur projet d'avenir. Et que j'ai « mouillé le maillot ». Il s'engage sur une confortable compensation et m'assure une sortie sécurisée.

Dans ces moments délicats, un peu bonne poire, je propose de rester président bénévole de la section judo. Au bout de quelques mois, une nouvelle coupe budgétaire réduit tout espoir de pouvoir figurer honorablement. C'est dans un court mail que je présente ma démission définitive à Arnaud. En retour, même pas le plaisir de quelques mots ou la décence d'une réponse.

À cinquante et un ans, j'étrenne un nouveau statut : chômeur.

23

Chômeur en campagne

Rentrée 2010. Je vais m'initier au parcours du combattant administratif avec mon inscription à Pôle emploi. Je rejoins la cohorte de millions de Français en galère et j'enchaîne les files d'attente dans les agences de Clichy-sur-Seine puis de Levallois. Je vis ces séances comme une expérience ethnologique en me fondant dans la masse du monde du travail. Le vrai. Celui que je ne connais pas.

Qu'est-ce que je sais de la « vraie vie », de la « société des travailleurs » ? En vérité, rien. Alors j'observe les visages creusés des « gens », comme dirait Mélenchon. Les soupirs de déception ou d'agacement quand on a oublié un papier sésame. Ici, on n'est pas grand-chose, perdu dans des pensées qui flottent ou espèrent. Le sentiment de n'être qu'un numéro dans un inquiétant système vous saisit dès l'entrée.

Plaisir divin, je peux enfin prendre du temps pour m'occuper de ma pomme. Mine de rien, le cœur de mes jobs précédents était de m'agiter pour le compte des autres. La matière même du commentaire s'exerce en portant le regard sur l'« artiste ». Président de club, c'est gérer, au quotidien, les athlètes, les entraîneurs et le petit écosystème qui va avec. Et là, soudain, je peux me consacrer uniquement à ma propre personne. Je vais donc positiver cette parenthèse forcée. Ce qui est censé être une épreuve, je vais en faire un ressourcement profond. D'abord dormir, flâner, penser, me réveiller à pas d'heure. Régénérant. Aussi lire, sortir, courir, inviter mes amis. Mon emploi du temps est rempli de ces plages ludiques et nourrissantes, le miel de mon quotidien.

Ça dure une petite année. Je bénéficie d'une CRP, une convention de reclassement personnalisé, « un dispositif pour accélérer le retour à l'emploi », précise le formulaire. Je perçois 80 % de mon dernier salaire brut. Une paille… La France est un bien beau pays. Je considère ma situation comme bénie et je « pointe » consciencieusement. Les rendez-vous avec Catherine, qui suit mon dossier à Nanterre, sont expédiés au plus vite. C'est que, gentiment, elle se demande ce que je fais là. Et compte tenu de mon profil « atypique », elle ne me met pas la pression.

Les mois filent, entrecoupés de piges judo pour Canal. Je ne peux oublier ce grand crash télévisuel et mon rôle de coach dans « L'Étoffe des champions », programme de téléréalité sur France 3. Bide total. Mais on se sera bien marrés, Jean-Claude Perrin,

Raymond Domenech et moi. Franchement, tout ça c'est du vent, mais ça nous fait des souvenirs.

À l'horizon, rien de tangible et aucun retour des rares pistes explorées. La plus farfelue a été de poser ma candidature pour devenir membre du CSA, le Conseil supérieur de l'audiovisuel. Rien de moins. Avec mon expérience à Canal, ma carte de journaliste, sportif soit, mais quand même, je m'imagine à l'aise dans ce rôle. Les sages n'y connaissent rien en sport alors que, chaque année, il génère les plus fortes audiences, quelle que soit la chaîne. Et je me dis que la guerre pour les droits mérite un regard avisé. Le hic, c'est que je n'ai aucun relais politique pour assurer ma promo. Et ma lettre de motivation accompagnée de mon CV restera sans réponse. Au moins j'aurai tenté le coup. Comme dit mon ami Beep avec pragmatisme : « Le non, tu l'as déjà. Essaie d'aller chercher le oui. »

Dès la rentrée 2011, un grand sujet accapare les esprits, et ses débats envahissent la petite lucarne : la présidentielle. À droite, on sait qui se présentera. Suivez mon regard vers le président sortant, j'ai nommé le subtil Nicolas Sarkozy. À gauche, beaucoup affûtent leurs arguments, à défaut de couteaux, et le deuxième épisode du bal des primaires va s'ouvrir. Le premier s'est déroulé en mai, après le séisme de l'affaire Strauss-Kahn. On connaît la chute… Comme une évidence, s'est immiscée en moi l'envie de m'investir. Pendant les douze années de l'ère Chirac, j'ai observé une longue retenue polie, puis le quinquennat Sarkozy m'a ballotté entre désappointement et écœurement. Je préfère ne pas en rajouter. Il est l'heure d'« y aller ». La chose publique m'a toujours intéressé et j'ai du temps libre à ne savoir qu'en faire. Mais l'essentiel, c'est que je me sens proche d'un des postulants. Je m'inscris donc sur son site officiel. Mon candidat sera François Hollande !

Hollande, je l'avais rencontré en 1983, quand il était conseiller du président Mitterrand. Une nuit de « garde » à l'Élysée, le couple Royal-Hollande en avait profité pour en apprendre un peu plus sur les conditions de vie des « sportifs amateurs ». J'avais accompagné Philippe Riboud, épéiste multimédaillé, pour un dîner qui allait se révéler décisif. Nos pas font crisser le gravier de la Cour d'honneur, la première fois, on n'en mène pas large. Pendant près de trois heures, Philippe et moi avions détaillé à nos hôtes les joies, devoirs et vertus de nos parcours de champions. J'étais reparti séduit par la vivacité intellectuelle, l'attention et le charme de ce couple. Un second dîner pour SOS Racisme, au début des années 1990, m'avait conforté dans l'idée que François Hollande était doté d'un puissant sens de la repartie et du contact. Je le recroiserai, toujours en compagnie de Ségolène Royal, dix ans plus tard, en promenade dans les rues d'Ajaccio.

Dès la rentrée, je contacte Julien Dray, et lors des débats télévisés du premier tour de la primaire, je m'incruste chez les « hollandais » réunis dans des bars du 2e arrondissement. Tous sont confiants et même assurés de la victoire. Face à ses concurrents, le député de Corrèze, à l'aise et mordant, s'impose. Ça se confirme au lendemain du face-à-face avec la maire de Lille. Au Bataclan, l'ambiance est électrique et la foule des soutiens s'enivre déjà du parfum du triomphe annoncé. François Hollande, amaigri, délivre un discours rassembleur sous des hourras excités. Ovations, musique. Il se dirige vers la sortie et son trajet se syncope pour toucher une épaule, serrer une main. Je suis pile sur son chemin et je le vois avancer vers moi. Nos regards se croisent et il me reconnaît, paraît un peu étonné et me tend un bras amical : « Ah mais tu es là, toi ! C'est super d'être venu. Merci. »

En 1981, François Mitterrand, qui était pourtant déjà une relique, avait interpellé mes vingt et un printemps. Devenu « Tonton » en 1988, il avait recueilli mon adhésion sans réserve. Mais quel désenchantement sur la fin pour ce personnage de roman. Avant les pénibles révélations, j'avais incrusté en moi ce jour d'octobre 1993 où il avait épinglé la Légion d'honneur au revers de ma veste. J'avais appris par la radio qu'on allait me la remettre et, après une petite chaleur de fierté, m'était venue l'idée que Mitterrand pourrait me l'accrocher. Jean Glavany, son ancien chef de cabinet, avait transmis ma missive toute pleine de dévotion, écrite à l'encre bleue, au secrétariat particulier du président. Et Mitterrand avait accepté ma requête. Six mois plus tard, entourés de nos familles et amis, nous étions huit récipiendaires, alignés devant le Sphinx, moi tremblant, dans un garde-à-vous approximatif. Quand mon tour était arrivé, le cœur battant, je m'étais avancé vers ce petit homme très impressionnant. À mes yeux, il symbolisait la France. Son visage creusé, presque jaune, sillonné de petites rides, portait les stigmates de la maladie. Mais ses petits yeux vifs m'avaient transpercé. Soutenir le regard d'un judoka japonais eût été plus aisé. Saisi par son éloge, par la solennité du lieu et de l'instant, mon front perlait quand il m'avait donné l'accolade.

Si certains se gaussent de ces hochets, j'ai la faiblesse égocentrée d'y être sensible. Je reconnais avoir, ancrée, une culture méritocratique due sûrement à une fréquentation assidue des podiums. Je repense à la médaille en fer-blanc distribuée chaque fin de semaine en CE1 chez les maristes et qui m'était toujours passée sous le nez. Me faire agrafer par le président Mitterrand était une sorte de revanche. Mais où va se nicher l'esprit de vengeance lié aux petits traumatismes de l'enfance... Et porter ce fil rouge au revers de son veston, c'est d'un chic !

Avec 56,57 %, François Hollande remporte largement la primaire. La véritable compétition, celle contre Sarkozy, peut enfin commencer. Après quelques semaines à piaffer en attendant que la machine socialiste s'organise, j'intègre le groupe « Mobilisation citoyenne » conduit par Julien Dray. Mission : définir les axes et moyens de communication pour sensibiliser un maximum d'électeurs. J'écoute beaucoup, propose parfois et ose débattre. Au final, on ne va pas réinventer la roue. S'impose maintenant l'évident support des réseaux sociaux. Tranquillement, je prends ma place. Dray nous manage avec naturel, fort de sa légitimité historique.

Souvent, nous poursuivons nos discussions fort tard, dans un délicieux petit italien de la rue du Dragon.

2012 est déjà là et cette fin janvier vibre de l'excitation des participants au grand meeting du Bourget, premier round d'un combat qui va durer cinq mois. Hollande doit convaincre au-delà de son camp. Brillant, lyrique, il délivre un discours fondateur. Du haut d'une imposante estrade, sa fougue ainsi que la justesse de ses injonctions et arguments irradient la foule des militants, et de longs cris enfiévrés ponctuent chacune de ses phrases. Au premier rang, telle une vague, les cadors de la famille socialiste fluent et refluent pour ovationner leur leader. Quelle belle unité, alors que la victoire semblait inaccessible jusque-là. Tous les analystes saluent l'indéniable performance, même sur BFM, c'est dire. Hollande a su « élever son jeu ». Ce dimanche marque la médiatisation de mon engagement. Sitôt arrivé, on me place au deuxième rang, juste derrière Valérie Trierweiler et Benjamin Biolay, plein axe des caméras. Heureux de me sentir utile, je réponds à de multiples interviews. Trois heures plus tard, je repars gonflé à bloc. Non sans avoir échangé quelques mots avec mon champion, *backstage*. Aux yeux de tous, maintenant, je fais partie de sa troupe.

Je vais trouver pleinement ma place au sein du « groupe sport ». Animé par Valérie Fourneyron, experte de cette thématique, notre petit groupe élabore les mesures à prendre en cas de victoire. Serge Simon, aujourd'hui vice-président de la Fédération française de rugby, imprime sa marque. Comme d'autres plus anonymes mais pas moins expérimentés. Un programme de trente propositions, « Une ambition pour le sport », vient nourrir celui du candidat.

En février, Créteil accueille une grande première, un meeting spécialement dédié au sport. Une originalité, pour certains. Surtout la volonté du candidat Hollande. Si Chirac aime les sportifs et Jospin le sport, pour Hollande, c'est les deux, joueurs et jeu. Il connaît les valeurs de la pratique sportive et il apprécie le travail utile du réseau associatif. Cet après-midi-là, il le fait savoir. Après les démonstrations de champions en herbe, il converse plus d'une heure avec le groupe de sportifs de renom présents. Au débotté, on me demande de jouer le Monsieur Loyal et de « chauffer » le palais des sports bondé. Sur une musique soutenue, il fait son entrée devant une salle conquise. Pendant une quarantaine de minutes, il déroule sa feuille de route en faveur du sport. Et insiste sur son potentiel en matière d'éducation, de santé, de cohésion et de vivre-ensemble. S'il est communément admis que le sport sacralise des valeurs de droite, esprit de compétition, culture du résultat, élitisme, et système porté par le « fric », ici, Hollande l'expose comme un atout au service de notre société. Ce point d'orgue achève de m'emporter dans le tourbillon de la campagne, et je décide d'assister à un maximum de meetings.

D'abord à Évry fin février, chez Manuel Valls, très vite rallié et devenu « dir com » du candidat. Vif, un peu pète-sec, il se révèle, dans leur binôme, très complémentaire. Pareil à l'interrogatoire policier avec le gentil et le méchant. Ce jeu de rôle arrange bien Hollande. Et Valls s'impose vite comme incontournable.

Moi j'enchaîne allègrement les déplacements et me paie places de train, chambres d'hôtel et repas sans dépendre de l'« appareil socialiste ». Une fois sur place, ma petite notoriété m'assure l'intérêt de la presse locale. Et parfois des chaînes d'info nationales en mal de pointures politiques. Étonné au début, je retrouve ma « bobine » sur les écrans géants. C'est que Philippe Lallemand, ancien pote d'école à Lagny et réalisateur reconnu, tient les manettes de la retransmission télé. Son jeu consiste à me trouver dans la foule des VIP, puis il me gratifie d'un gros plan de plusieurs secondes pendant le discours de Hollande. « Je suis ton attaché de presse ! » m'assène-t-il en riant et sans que je ne lui aie rien demandé. Ma « promo » est donc faite. La « musique » générale veut aussi qu'un « chiraquien » a rallié les rangs de Hollande. Ce qui, pour une fois, et après avoir « subi » cette étiquette, se révèle être un mal pour un bien. Grâce au cri du cœur de Chirac : « Je voterai Hollande ! », la France découvre l'humour corrézien, inconnu jusqu'alors. Cette justification vaseuse assumée par Claude m'a beaucoup fait rire. Moins Sarkozy qui l'a convoquée direct au Palais pour lui passer un savon.

Je fréquente beaucoup le QG de l'avenue de Ségur. Véritable ruche de quatre étages, cet hôtel particulier reçoit les tauliers socialistes et cet aréopage ressemble à un gouvernement avant l'heure. Invité à certaines de leurs réunions préparatoires, je suis trop heureux de pouvoir jouer de mon carnet d'adresses pour mettre talents et amis à contribution. Et ce, au-delà du sport. Je pourrais m'engluer dans l'énumération des personnalités qui s'essoufflent en grimpant les marches de l'escalier abrupt. Et ce ne sont pas les pannes récurrentes de l'ascenseur qui les arrêtent.

À tous les étages, je constate l'énergie de la jeunesse militante. Disponible, enjouée, elle aère ces lieux d'un enthousiasme débordant. Étudiants issus des meilleures facs et hautes écoles, ils s'offrent en forces vives telle une armée de fourmis intenables. C'est là que je vais rencontrer « la sublime », celle qui va rebooster ma vie. Dans ce bureau du troisième, tout d'elle me scotche. Son visage, ses mains, son petit gabarit chaussé de bottines marron. Et même le regard noir dont elle me fusille alors que l'influent Cédric O. lui intime l'ordre de m'aider à allumer un ordi qui me résiste. Avec une froideur assumée, elle démarre le Mac en deux temps, trois mouvements, et retourne s'asseoir comme si je n'existais déjà plus. Audrey – puisque tel est son prénom – et moi ne pouvons imaginer en cet instant le tourbillon qui nous emportera plus tard. Je ressens ce choc rare qui vous frappe quand vous croisez un être qui vous est comme prédestiné. Je crois à ce divin. Et puis, je lui ferai remarquer plus tard, dans Audrey, il y a Rey… Alors, avec celle qui deviendra « mon chat », nous nous reverrons, nous fusionnerons, puis nous nous quitterons. Mais, depuis 2012, cette lumineuse habite mon hypothalamus et nous sommes, je le crois, de la même famille. Sauvage et libre, elle est partie vers d'autres cieux, plus artistiques que politiques. De loin, je continue de chavirer à sa sensibilité et à ses courages. Et je me moque maintenant de Léo Ferré car nous nous aimons autrement et pour toujours.

Le 22 avril, le premier tour livre son verdict : Hollande en tête devant Sarkozy. Bizarrement, à ce moment-là, le sport est mis à l'honneur. Sur Radio France, d'abord, où, face à Jacques Vendroux, Hollande parle football pendant une heure et révèle son « amour » des Diables rouges de Rouen. Après une interview nourrie, direction le nouveau siège de *L'Équipe* pour plancher sur les grands enjeux. En route, nous avons un rapide aparté sur la question des JO. « En politique, ce qui compte, c'est ce que l'on fait après la victoire »... Tel est le titre de son entretien. Sur deux pleines pages, François Hollande n'élude rien d'un sujet qui aurait pu être loin de ses préoccupations. Mais non, précis, pointu, il aborde chacun des thèmes avec pertinence. À l'arrière du véhicule qui nous ramène vers la capitale, je me dis que, décidément, j'adorerais travailler avec ce type.

Le lendemain, c'est au tour du président sortant de se livrer. De mémoire, le titre retenu par *L'Équipe* était : « J'aurais adoré être ministre des Sports ». Tout un programme... Franchement, je n'ai jamais compris pourquoi ce véritable sportif traite avec tant de légèreté ce domaine qui lui semble si cher. Alors qu'il avait claironné que l'État consacrerait 3 % de son budget au sport, il aurait mieux fait de juste le hisser au même niveau que celui de la culture, le fameux 1 %. Les trois millions et demi de bénévoles,

les seize millions de licenciés et les millions de pratiquants ne valent-ils pas 1 % du budget national ? Sans les villes, les collectivités territoriales, il n'y aurait pas de sport en France. Pourtant, il n'hésite pas, ce président sportif, à se lancer dans de longs footings quotidiens. Alors, s'il n'y avait rien à attendre de ses prédécesseurs, on était en droit de s'agacer devant l'inertie du sportif Sarkozy. Au-delà du résultat brut de la compétition, il est avéré que le sport regorge de vertus citoyennes, éducatives et en matière de santé. C'est amplement suffisant pour qu'un président lui attribue les moyens qu'il mérite. Non mais !

Le 29 avril, palais omnisports de Bercy, avant-dernier meeting. Les supporters, tonitruants, ponctuent l'apparition des trombines des « personnalités » sur les écrans géants. Avec mon Phiphi aux manettes, je n'y coupe pas et ne sais pas si je dois en être fier ou gêné. Le mot d'ordre « Ne lâchons rien » s'impose car le candidat de la droite grignote quelques dixièmes. François Hollande délivre donc, à une semaine du second tour, un message de rassemblement. Mon téléphone sonne juste après son discours, affichant le nom d'un grand réalisateur de télé. Il m'explique avoir regardé le meeting et, me voyant apparaître à l'écran, il s'est dit que j'étais le bon contact pour toucher l'équipe Hollande. Il veut être choisi pour réaliser le débat de l'entre-deux-tours. Ne sachant quoi lui répondre, je file droit sur Valls et lui passe l'« animal ». Hollande traverse la foule qui se presse. Quand il arrive à ma hauteur, je lui explique à l'oreille la demande à l'instant reçue. Il écoute, me regarde :

« OK, on verra. De toute manière, on se retrouve plus tard. » Puis il enchaîne, me laissant comme deux ronds de flan. « Plus tard » de quoi ? Pour quoi faire ? Boire un café ? Ou était-ce sa manière à lui, tout en retenue, de me proposer un avenir ?

Si je suis réceptif, c'est que, avec l'odeur de la victoire, se propage aussi celle des ambitions. Le QG bruisse de rumeurs sur la composition future des équipes. L'Élysée, Matignon et les ministères sont autant de cibles pour les jolis cerveaux qui phosphorent depuis le début. Alors pourquoi pas moi ? L'idée, tout doucement, s'instille. Bien sûr que je crève d'envie de continuer. Conseiller ? Pourquoi pas. En Chiraquie, Lamour et Restoux avaient bien assumé cette fonction. Certains n'hésitent plus à l'évoquer pour moi : « Tu seras conseiller sport. Qui d'autre ? » me glisse-t-on. Une fois, je profite d'un café partagé avec Stéphane Le Foll pour lui dire mon envie de continuer. Mais sans préciser ni où ni comment. Je ne veux rien réclamer.

Le 2 mai, mon ami Henri Nayrou, député de l'Ariège, nous convie, Serge Simon et moi, à tenir une réunion publique. Sur cette terre de gauche où est née ma mère, l'enjeu n'est pas de taille mais le plaisir d'une soirée partagée entre amis, si ! L'affaire pliée, nous nous régalons du fameux débat de l'entre-deux-tours. Hollande s'impose haut la main devant un Sarkozy étrangement las. Je rejoins Toulouse pour faire un poutou à mes parents. Ici, ça signifie un baiser, cela n'a rien à voir avec le candidat d'extrême gauche. Le dernier meeting, place du Capitole, est flamboyant. Comme le discours de Lionel Jospin, qu'on aima revoir. Comme mes regards lointains vers Audrey venue avec la joyeuse bande du QG. Comme la fête endiablée qui met un terme à la campagne. Dans soixante-douze heures, on saura si la France ose repasser à gauche.

6 mai, 20 heures, place de la Bastille. La tête de François Hollande apparaît sur les écrans, avec, en fond, le palais de l'Élysée. À 22 h 30 le président élu m'étreint furtivement, comme il le fait avec des centaines d'autres postés sur le chemin qui mène à la scène. Là-haut, la cohue des prétendants vire presque à la joyeuse foire d'empoigne. Et le « Embrasse-moi sur la bouche » en mondovision de Mme Trierweiler ajoute au cocasse de ce sacre pas tout à fait maîtrisé. Et maintenant, que va-t-il se passer ? Le titre de *L'Équipe* fait foi : « En politique c'est quand on gagne que tout commence ».

Le surlendemain, le QG est envahi pour un pot général et François Hollande débarque dans une clameur électrisante. La solennité pointe quand le président élu rappelle qu'il n'oubliera pas ce qu'il doit à chacun de nous, mais il prévient aussi : après cet instant d'euphorie la vie va reprendre son cours et gare au « campagne blues ». Tous ne pourront pas poursuivre l'aventure. Je crois saisir dans certains regards un flottement soudain. Mais vite, la fête emporte les doutes. L'avenir nous appartient.

Le 15 mai, scotché à ma télé, je ne perds pas une miette de la cérémonie d'investiture. Puis l'heure arrive de foncer à la mairie de Paris pour assister à la traditionnelle visite du président. La salle des fêtes est bondée mais, une fois encore, on m'a choyé avec un siège derrière les corps constitués. En saluant Hollande qui chemine vers l'estrade, il me paraît légitime de le vouvoyer en lui donnant du « monsieur le président » pour la première fois. Cérémonie terminée, le sujet des nominations rallume la passion dans les groupes sur le départ. Qui sera ministre et avec quels collaborateurs ? Qui va où et avec qui ? Pas concerné directement, je rejoins mon scooter, quand je suit rattrapé par les fidèles Christian Gravel et Djamel Bensalah. Le premier, grand amateur d'arts martiaux et ombre de Manuel Valls, et le second, réalisateur à succès, m'accordent depuis le début de cette aventure leur attention amicale. Ils m'entraînent à un dîner avec quelques cadors pressentis pour des postes stratégiques. Le plus gros d'entre eux s'appelle Manuel Valls.

À 23 heures le café est servi. Lancés dans un tour de table pour imaginer l'avenir, chacun y va de son analyse. Mon tour venu, une encourageante unanimité rassemble les convives, pour eux, mon nom s'impose pour un poste à l'Élysée. « Ben, tu veux mettre qui d'autre ? » revient comme un refrain. En sortant de ces agapes, je crois bien que je ne touche plus terre. Ne reste plus que l'essentiel, la confirmation.

Le lendemain, calme plat jusqu'au soir – Valérie Fourneyron est nommée ministre des Sports. Mais pas que. Également de la Jeunesse, de l'Éducation populaire et de la Vie associative. Dans les minutes qui suivent, le noyau dur de notre « groupe sport » est invité, par texto, à rallier le ministère pour son installation. En chemin, je fais l'acquisition d'une bouteille de champagne et sur les coups de 21 heures son bouchon claque dans le grand bureau laissé vide par Douillet. Pour tous, cette nomination est légitime et notre joie sincère pour celle qui a su fédérer notre groupe. On la félicite mais, vite, une sorte de gêne s'installe. Un « Bon, on va se mettre au travail ! » signifie que certains vont devoir déguerpir. La ministre et ses collaborateurs, puisqu'il faut les appeler ainsi dorénavant, nous saluent. Rideau, extinction des feux, bye. En trente secondes, on n'a plus droit au chapitre. En regagnant les ascenseurs, dans un échange de regards complices, nous sommes pris, Serge Simon et moi, d'un irrépressible fou rire, les imaginant en train de finir ma bouteille. Quel comique de situation ! Après huit mois de campagne, c'est tout juste si on ne s'est pas fait virer !

La valse des nominations continua en ce 17 mai et le champ des possibles se rétrécit. En début d'après-midi, affalé devant mon poste, j'assiste d'un œil lointain au ballet des voitures officielles dans la cour de l'Élysée. Dans un grand cercle, au ralenti, elles déposent les promus devant le perron pour leur premier Conseil des ministres. À la maison, c'est moi qui tourne en rond mais avec moins de prestance. Que faire d'autre quand tout se met en place et que vous semblez hors jeu. Entre l'euphorie du dîner avec Valls l'avant-veille et la douche froide au ministère la veille, je suis un peu paumé. Allongé sur mon lit, portable sur le torse, je sens sa vibration : « Monsieur Rey ?

Présidence de la République. Le président souhaite vous parler, merci de patienter. » Juste le temps de me redresser et la voix de Hollande m'attrape :

« Thierry, c'est François. Je voulais te demander si tu accepterais le poste de conseiller jeunesse et sport ?

– François, bien sûr que j'accepte. Évidemment que j'accepte. Je suis très honoré de ta proposition et de ta confiance.

– Merci, parfait. On t'appellera pour régler les détails. À bientôt, alors. »

En trente secondes, je viens de passer de Pôle emploi à un poste de conseiller du président de la République. Et même si cela n'a pas fait frémir les courbes, François Hollande vient de faire le premier chômeur de moins de son quinquennat.

24

55, rue du Faubourg-Saint-Honoré

Quelques jours plus tard, costumé et cravaté comme pour aller au bal, c'est par la Cour d'honneur que je pénètre dans ce haut lieu de la République. Enfin, par la petite porte juste à côté, plus fonctionnelle. J'accède à un nouvel univers. De l'Élysée, en effet, je ne connaissais que l'arrière, les parties privées. Surtout l'office, cette petite cuisine tout en formica qui jouxte la grande salle à manger designée par Paulin. De 1996, année de la naissance de Martin, jusqu'à 2007, en voiture ou scooter, j'entrais par le bout du jardin, rue de l'Élysée. Et, doucement, je remontais le chemin en longeant l'immense pelouse. Je venais déposer ou chercher mon fils. En dix-sept ans, je n'étais passé que rarement par l'entrée principale du 55. Deux fois sous Chirac, pour Paris 2012, et une fois sous Sarkozy, pour les vœux à la presse. Basta. Cela allait devenir mon quotidien.

Rendez-vous a été pris avec Nicolas Revel, secrétaire général adjoint en charge du pôle «société civile», et, après un rapide descriptif de mes expériences, je lui déroule le contenu et l'esprit de l'action que je souhaite assurer : informer, initier, préconiser, représenter. Sans compter tout le reste. Le conseiller doit, évidemment, servir les intérêts du président au-delà de ses propres convictions. Nicolas acquiesce à ma théorie pleine de bonnes intentions. Sur le point de quitter les lieux, je suis happé par une charmante jeune femme, énergique et tout sourire, Charlotte. Illico, elle m'informe qu'elle exerce le noble métier de secrétaire et qu'elle souhaite rejoindre les sports si je le veux bien. Aujourd'hui l'organisation du sport en France n'a plus aucun secret pour elle.

Prendre ses fonctions ici c'est comme entrer en religion. Partout règne une douce quiétude. La Cour d'honneur, que l'on préserve en empruntant le trottoir qui l'entoure. Les cours est et ouest, où stationne la flotte des véhicules. L'hôtel d'Évreux, au bout, où des huissiers attendent une arrivée. À l'étage, le domaine réservé du président, son antre et son refuge. D'abord le Salon vert, dédié aux réunions. Puis son bureau, le Salon doré, qui porte bien son nom tant ça rutile. Derrière, le secrétariat particulier où quatre fidèles s'activent et trient les sollicitations en tout genre. Au rez-de-chaussée, à gauche, enfilade de salons chargés d'histoire. Sur la droite, le Jardin d'hiver et son plafond de verre nous offrent la couleur du ciel et s'ouvrent sur la salle des fêtes, immense. Enfin, le parc, avec au bout un bassin rond et la grille du Coq. Dans les bâtiments aux longs couloirs bas de plafond, moquettés d'un bleu pâle, s'alignent les portes fermées des bureaux. Nul bruit. Pourtant elles œuvrent bien quelque part, les huit cents personnes qui s'escriment au service de la République ? Flotte une ambiance monacale et on déambule à pas feutrés en se parlant à mi-voix. Partout, luminaires obligatoires pour compenser le peu de jour. L'hiver on caille et l'été on suffoque, et le manque de fonctionnalité est criant. Nous en rions souvent avec Audrey, elle qui a atterri sous les combles, dans une sorte de cagibi. Avec en fond sonore le cliquetis des gouttes de pluie tombant dans un seau, elle rédigera sans broncher des notes plus que chiadées.

Malgré une « incorporation » tardive, je réussis à dégoter, grâce à Charlotte qui y veillait, un petit espace sympa qui donne sur la cour est. Ma seconde maison, celle où je vais passer dix, douze heures par jour, fin prête pour recevoir les représentants de la jeunesse, du monde associatif et du sport français.

Si ma nomination revêt une douceur extrême, elle acte aussi mon saut dans le monde complexe de la haute administration et me confronte à la réalité de mes propres manques. Je plonge dans le jacuzzi des « premiers de cordée », énarques, polytechniciens, normaliens, et j'en passe. Qu'allaient-ils bien pouvoir penser de mon uchi-mata… Je me réconforte en estimant que mon parcours, mon intuition et mon aptitude au combat seront d'autres atouts que ceux habituellement requis dans ces cercles. On verra bien…

À 10 heures sonnantes, ce vendredi 25 mai, se tient la première réunion de cabinet, pareille à une rentrée des classes. Quelque peu intimidé, je salue mes nouveaux collègues, que des pointures dans leur domaine. Des médailles d'or. Les miennes avaient dû tinter à leurs oreilles car chacun me salue comme s'il me connaissait déjà. L'atmosphère détendue se concentre quand nous prenons place pour écouter Pierre-René Lemas, secrétaire général, homme fin et chaleureux. Pour l'occasion, il s'est entouré des tauliers de l'équipe, Sylvie Hubac, directrice de cabinet, et deux secrétaires généraux adjoints, Nicolas Revel et un petit jeune au grand sourire qu'on sent très à l'aise en ces lieux, Emmanuel Macron. En bout de rang, le conseiller politique, Aquilino Morelle, porte de bien belles chaussures, ma foi. Pierre-René nous explique avec force détails ce qu'il attend de nous.

Mais, le meilleur, nous l'aurons à la session suivante avec la présence du nouveau maître des lieux, le président lui-même. Dans un long monologue, il déroule le manuel du « parfait conseiller élyséen » et fixe les règles de notre rapport avec l'extérieur, notamment avec nos ministres. Notre rôle n'est pas de nous muer en contre-pouvoir. Pas comme précédemment, décrypte-t-on entre les lignes. Nous serons ses vigies, son œil critique et poserons des diagnostics qui lui permettront d'intervenir à bon escient, voire de recadrer au besoin. Puis il aborde notre rapport aux médias et l'exemplarité de nos comportements au regard de la sensibilité de notre poste. Il est question de confidentialité. L'avenir démontrera qu'il est des leçons qui stagnent en belles théories. Et que la complexité de l'existence, de la vie publique et de l'amour peut rattraper le premier d'entre nous.

« Voilà, j'espère que nous passerons ensemble de grands et utiles moments au service des Français... » Puis après quelques secondes de silence, il m'interpelle tout de go : « Et toi, Thierry, tu en penses quoi ? » Blanc ! Dans un seul mouvement, quarante têtes pivotent vers moi, quatre-vingts yeux me braquent. Panique à bord, chaleur intense. Dans un silence de plomb, je me lance : « Monsieur le président... » Et me voici parti dans un panégyrique sur les valeurs d'une équipe et sur la chance que nous avons d'en faire partie. Je pointe la grandeur de notre défi après dix-sept années de présidence de droite, précise que, si le président est au service des Français, notre mission est de lui offrir les moyens de répondre à leurs attentes en lui apportant notre soutien indéfectible. « Merci beaucoup, Thierry. Maintenant, allons boire le verre de l'amitié. » Mais qu'est-ce qu'il vient de me faire, François ? Il est dingue ou quoi ? En coupant le micro, je ne sais que penser. Est-ce sa manière de me bizuter et de tester ma capacité à encaisser devant un aréopage de maîtres de la synthèse ? Ou m'offre-t-il l'occasion de faire la démonstration que même le conseiller sport maîtrise les enjeux ? Je n'en ai jamais rien su. En tout cas, les réactions de mes congénères sont des plus amicales au sortir de ce qui a été comme un saut dans le vide.

Si je me suis « sauvé » à l'oral, je vais devoir faire mes preuves à l'écrit. Car c'est une des principales tâches des conseillers que de pondre des notes. Tout ce qui peut avoir une importance significative doit être porté à l'appréciation du président. Dans un parcours millimétré, les missives atterrissent vingt-quatre heures plus tard sur son bureau. Elles vous reviennent, annotées de ses propres remarques, qui tiennent, le plus souvent, en un mot ou un trait de plume qui souligne. Nous sachant plus de trente-cinq conseillers, il faut avoir le sens des priorités. Et ne pas faire de zèle.

Sitôt en place, je dois me saisir de la situation ultrasensible en Ukraine alors que l'Euro de football va y démarrer le 8 juin. Dans quinze jours ! En l'espèce, on dépasse de très loin le cadre sportif. Avec mon collègue diplo en charge de l'Europe de l'Est, nous alignons note sur note, pour déterminer comment l'État sera représenté là-bas, ou non, et François Hollande tranche : aucun membre du gouvernement ne se rendra en Ukraine. Il a l'élégance de laisser la ministre des Sports, Valérie Fourneyron, faire cette annonce.

Avec elle, c'est tout de suite tendu et on se tire « une belle bourre », comme on dit entre sportifs. À peine nommée, on peut regretter une soudaine raideur. Ses rapports avec le Comité olympique français et certains présidents de fédération se détériorent à la vitesse grand V. Après quelques tentatives pour me contourner, ce qui a le don de m'exaspérer, nous nous rencontrons pour fixer les prérogatives de chacun.

Valérie et son cabinet voulaient-ils assumer seuls l'action de l'État et écarter l'Élysée et Matignon ? Drôle de posture.

Matignon justement n'a pas encore nommé mon alter ego et je ponds une petite note pour le faire remarquer. Jean-Marc Ayrault me demande de lui fournir une courte liste de noms. Quelques jours plus tard, Hakim Khellaf, haut fonctionnaire, dirigeant sportif et accessoirement ceinture noire de judo, est choisi. Nous formons un véritable binôme. Chaque semaine, nous nous réunissons avec les collaborateurs de la ministre pour traiter ensemble les grands sujets. Même si, parfois, ça renâcle sec du côté de l'avenue de France.

Fin juin, Jean-Claude Killy et Guy Drut, nos membres français du CIO, sont reçus à l'Élysée pour évoquer l'idée d'une nouvelle candidature pour les Jeux de 2024. Puis le président se rend à l'Insep, haut lieu de la préparation olympique, pour jauger les conditions de vie des athlètes et cadres techniques alors que pointent les JO de Londres. En prévision de son déplacement outre-Manche, je sais pouvoir compter sur le soutien efficace de l'éminent Bernard Émié, l'ambassadeur de France, et de l'attaché olympique, Michaël Aloïsio, pour concocter un programme aux petits oignons. François Hollande trouvera le temps d'un aparté avec David Cameron dans les coursives du stade. Puis, natation, avec le sacre de Yannick Agnel. Le soir, Club France et dîner avec la famille du sport français. Le président y prononce un joli discours. Nouveau dans l'exercice, j'ai mis quinze jours à pondre quelque chose de crédible. De son écriture en pattes de mouche, il a allègrement corrigé le texte et s'en est fort bien tiré.

Grande première aux Jeux paralympiques avec la venue du président de la République, qui vibre aux exploits des athlètes et à l'unisson des quatre-vingt mille spectateurs. À l'issue de cette immersion, la sphère olympique n'a plus aucun secret pour François Hollande.

Mais mon emploi du temps est le plus souvent accaparé par le sport roi : le football. Avec l'Euro 2016, la France va se transformer en un gigantesque stade et il faut vite se saisir du dossier. Puis la fameuse taxe à 75 % sur les hauts revenus, annonce phare du candidat Hollande, nous vaut une réunion mémorable dans le Salon vert avec les présidents des clubs de Ligue 1 venus plaider leur cause. Sans succès. Nous sommes ensuite sollicités pour arrondir les angles dans le conflit généré par le statut particulier de l'AS Monaco. Son propriétaire accepte de verser une « compensation » à la Ligue de football professionnelle. À régler aussi, le problème des droits télévisuels : beIN Sports, la chaîne qatarie, se positionne comme un très sérieux concurrent pour Canal Plus. Pour faire sobre, disons que le chef de l'État est appelé à la rescousse. Entre autres réjouissances footballistiques…

Mais comme il n'y a pas que le foot dans la vie, nous traitons aussi le projet de reprise d'un Grand Prix de Formule 1 en France. L'État, qui a d'autres priorités budgétaires, décide de ne pas s'impliquer. Et ceci sans regrets.

Un peu de tennis avec les droits télé de Roland-Garros, cette fois. Le président monte au créneau pour calmer la Fédération française, outrée de voir le ministère des Sports interférer dans sa liberté de gérer ses droits. Tout rentre dans l'ordre mais certains y perdent des plumes.

L'agenda hebdomadaire est aussi rempli de « tout le reste ». Les rendez-vous avec les hauts responsables du sport enchaînent des sujets souvent passionnants. Chacun me présente ses projets, ses doléances ou simplement fait un point sur sa situation.

Je vérifie chaque jour l'adage de Denis Masseglia, président du CNOSF : « Le sport, c'est bien plus que du sport », et sa portée dans la santé, l'éducation, le monde associatif, le bénévolat, l'aménagement du territoire, les équipements, la filière économique, les relations internationales. Le sport, c'est bien plus que du sport ! Je suis content d'avoir choisi un bon fauteuil, un bon ordi et surtout une bonne secrétaire.

Au retour des grandes compétitions, je me mue en gentil organisateur. Grâce à Isabelle Sima, cheffe de cabinet, à ma Charlotte et aux pros du Palais, les portes s'ouvrent en l'honneur des médaillés et des trois à quatre cents invités qui débarquent, impressionnés, dans la salle des fêtes.

Un des grands chantiers de François Hollande aura été la montée en puissance du service civique. Ce dispositif permet aux jeunes, de seize à vingt-cinq ans, de s'engager dans le monde associatif en percevant une indemnité. Neuf grandes thématiques sont proposées comme, par exemple, la citoyenneté, l'action humanitaire ou l'intervention d'urgence. Du 55, nous avons accompagné sa mise en œuvre malgré quelques toussoteries de Bercy. Grâce à l'énergie de Martin Hirsch, puis celle du regretté François Chérèque, cent trente-cinq mille jeunes accédèrent à cette perle durant le mandat. C'est toujours aujourd'hui une chance offerte à beaucoup.

Sous une présidence ou une autre, mes galons de médaillé auraient pu me valoir l'expérience d'un dîner d'État ou d'un voyage officiel. Y sont couramment invités artistes, grands chefs – cuisiniers ou d'entreprise. Cela ne s'est encore jamais produit. En février 2013, apprenant que François Hollande va effectuer une visite d'État en Russie, je lui propose de combler cette lacune. À cela, deux raisons tangibles : Vladimir Poutine est un judoka, haut gradé, et j'ai gagné les JO à Moscou en 1980. Le président accède à ma demande.

Après quatre heures à bord de l'Airbus présidentiel, un froid de gueux nous saisit. Je suis presque ému de retrouver Moscou. Au-delà de mon aventure olympique, Mockba, comme on dit en russe, était une étape obligée sur la route du tournoi de Tbilissi. Me reviennent les souvenirs de mes séjours au Métropole, vieil hôtel au charme fou. Et ceux de mes dix jours de famine volontaire aux Spartakiades. Le nez collé à la vitre d'une des voitures officielles qui, sirènes hurlantes, nous emmènent, la nostalgie m'envahit. Quel peuple incroyable, capable de tous les sacrifices quand sa vie est en jeu et, en même temps, résilient ou naïf dans son rapport à ses dirigeants successifs. Malgré 1917, les tsars ne se succédaient-ils pas au Kremlin ?

Après une courte nuit, visite privée du musée Pouchkine. J'y découvre des toiles de grands noms de la peinture française. Puis direction le Kremlin. Le moment de le voir, ce sacré Poutine, est enfin venu. Les deux présidents et leurs ministres des Affaires étrangères, Fabius et Lavrov, se sont enfermés il y a vingt bonnes minutes derrière les lourdes portes dorées. Pour tromper l'attente, Manuel Valls, plus décontracté qu'à son habitude, taquine Arnaud Montebourg qui lui répond du tac au tac. L'heure tourne, le déjeuner prend un retard certain et l'ambiance en devient pesante.

Soudain, ça s'agite et les portes libèrent deux combattants. Poutine, regard de pierre et démarche de cow-boy, un comble, ne prend même pas la peine de venir nous saluer. Hollande nous rejoint, impassible. Nos délégations prennent chacune place d'un côté d'une table d'au moins vingt mètres de long. Poutine, d'un geste sec, nous fait signe de nous asseoir. Cela peut s'interpréter comme la fin de la minute de repos d'un combat de boxe. Car la joute entre les présidents reprend instantanément. Sans que le ton monte, l'affrontement se fait brûlant au sujet de la Syrie et chacun aligne ses arguments. À des milliers de kilomètres, les oreilles de Bachar al-Assad doivent siffler. Pendant ce temps, une escouade de serveurs en livrée dépose devant nous un large plateau de cuir. Saumon, poissons fumés, salade et caviar, ça va de soi. Et même un dé à coudre de vodka pour parfumer. Fin et délicieux. Mais chacun mâchouille discrètement pour ne pas se faire remarquer. Dans un silence polaire, seules deux voix, plus le chuchotement des traducteurs, s'élèvent. La baston présidentielle continue de plus belle. Si le cancer islamiste a bien été mentionné, Poutine, agacé, s'embarque dans une étrange comparaison avec notre passé en Algérie. Hollande, cinglant, réplique, comme il l'écrit dans son livre *Les Leçons du pouvoir,* que « c'était d'abord une guerre d'indépendance, qu'elle n'avait rien de religieux et que nous étions alors une puissance coloniale en butte à une insurrection nationale ». Ce qu'il ne dit pas, c'est qu'il rappela aussi que les grandes démocraties acceptaient de revisiter les erreurs de leur passé. Poutine en profite pour affirmer que la Russie est l'exemple même d'une démocratie puisqu'il a remporté des élections libres. Hollande assène que certaines élections gagnées au premier tour avec cinq candidats en lice ou avec 99 % des voix, comme en Tchétchénie, peuvent faire douter de la valeur du mot « démocratie ». Personne ne moufte mais « un ange passe, les ailes chargées de bombes », aurait écrit Gérard de Villiers dans un *SAS* – on a la culture qu'on peut. On n'en est pas loin. Comprenant que François Hollande ne lâchera rien, le président russe, tel un chat, retombe sur ses pattes. « Monsieur le président, je vous propose, si vous le voulez bien, de revenir à ce qui nous rapproche. » Gong final. Fin du pugilat. On touche à peine au dessert.

Que ce soit lors de la signature des contrats ou de la conférence de presse par la suite, les deux hommes, côte à côte, s'ignorent, le regard porté au loin, droit devant eux. Le maître du Kremlin a sûrement moyennement apprécié le cours sur la démocratie.

S'il n'est de bonne compagnie qui ne se quitte, il n'y a pas d'effusions particulières au moment des adieux. Au retour, nous faisons halte à la résidence de France pour une rencontre avec des «personnalités», comme indiqué dans le programme officiel. En fait, Hollande rencontre les opposants russes. Puis dernier acte à l'ambassade, avec une réception d'une heure pour la communauté française.

Tandis que l'Airbus présidentiel s'envole, je revisite, songeur, l'intensité de ces dernières vingt-quatre heures. Même Jack Bauer aurait eu du mal à suivre. Me manque pourtant la minute de rencontre avec la terreur locale. J'aurais tellement voulu tâter de sa poigne pour sentir sa puissance au kumi-kata. J'aurais tellement aimé plonger mon regard dans ses yeux bleu acier, friand que je suis de ces petits défis. Je constate aussi qu'on reconnaît trop peu la détermination du président français et sa force de caractère.

2014. À l'entame de la nouvelle année, on sent bien que les lignes vont bouger. Fin mars, Manuel Valls est nommé à Matignon et Najat Vallaud-Belkacem à la Jeunesse et aux Sports, en gardant les Droits des femmes. Cette belle surprise met un peu d'animation dans ma mécanique bien huilée. La fin d'un cycle touche aussi l'Élysée avec les premiers départs dans l'équipe des conseillers.

Au beau milieu de ce mercato, se présente à moi l'opportunité d'intégrer l'Inspection générale de la jeunesse et des sports. La géniale invention du « tour extérieur » permet à quelques personnes qualifiées issues de la société civile d'intégrer la haute fonction publique. Lors de mon rendez-vous avec Revel, j'avais évoqué cette possibilité, une révolution au regard de mon parcours hétéroclite. Le président avait abondé dans mon sens, considérant que j'étais « éligible » et que cela sécuriserait mon avenir. Je venais d'avoir cinquante-cinq ans et mon corps restait marqué par ma lourde opération de 2012. Si j'occupais un poste certes prestigieux, il n'en était pas moins provisoire. Après deux années absolument incroyables, j'avais envie de m'investir plus concrètement. Dans mon viseur, la très probable candidature olympique.

Le 26 juin 2014 par décret paru au *Journal officiel*, je suis nommé inspecteur général. Et de 1re classe, s'il vous plaît. Je vais très rapidement renforcer le cabinet de Najat pour préparer les grands événements sportifs à venir.

En arpentant le dédale des couloirs du Palais, j'ai un petit pincement au cœur car je sais que c'est la dernière fois. Et, en franchissant les grilles de la Cour d'honneur, voiture chargée de mes effets personnels, j'ai clairement le sentiment qu'un chapitre se ferme définitivement. Ici, on ne fait que passer.

25

Candidature

7 septembre 2012. Par une douce soirée de fin d'été, les feux d'artifice s'élèvent dans le ciel niçois. La cérémonie d'ouverture des Jeux de la francophonie offre son spectacle aux milliers d'invités et aux délégations étrangères réunies pour participer à cette grande compétition internationale. En tribune officielle, François Hollande devise encore avec Alassane Ouattara, président de la Côte d'Ivoire. Les deux hommes se sont pourtant longuement entretenus dans une « bilatérale » en début d'après-midi. Mais ils semblent s'apprécier et profitent de leur proximité pour, sûrement, continuer d'évoquer les affaires du monde. Un peu figé, à leurs côtés, Christian Estrosi, le maire de Nice, grand sportif et ancien champion motard, paraît bien esseulé.

Assis à quelques mètres, j'observe ce manège. Sur l'écran de mon portable, une annonce s'affiche :

« Tokyo vient d'être désigné pour organiser les Jeux olympiques et paralympiques de 2020. Les grands battus sont Madrid et Istanbul. » Magnifique nouvelle, cette victoire d'une ville d'Asie ouvre le champ des possibles aux villes européennes pour l'édition suivante, en 2024. Depuis Helsinki en 1952, les Jeux permutent systématiquement d'un continent à l'autre.

Je ne résiste pas et, même si l'instant ne s'y prête pas, je fais parvenir le message au président. Sa réponse fuse quelques secondes plus tard : « Formidable, on y va. » Par ces quelques mots, l'État vient de s'engager derrière Paris en cas de nouvelle candidature. Quelques semaines plus tard, François Hollande invite Thomas Bach, le tout nouveau président du CIO, à l'Élysée. Il lui confirme sa position, à savoir que c'est au mouvement sportif de promouvoir le projet. Mais celui-ci devra être responsable, maîtrisé et vertueux pour obtenir un soutien de l'État. « Si les conditions sont réunies », déclare François Hollande. Il fut ainsi le premier à ouvrir la voie.

Pour répondre à cette exigence, Denis Masseglia, président du CNOSF, organe officiel du mouvement sportif français, et la ministre Valérie Fourneyron créent le CFSI, Comité français du sport international. Ceci dans le but de remobiliser les troupes humiliées par le résultat du vote pour Annecy, candidate aux Jeux d'hiver 2010. Sept voix sur cent ! Une cata ! C'est dire si le chantier était immense pour regagner la confiance des dignitaires du CIO.

On fit appel à Bernard Lapasset, président de l'IRB, la Fédération internationale de rugby. Ce dernier avait réussi à faire inscrire le rugby à VII au programme des Jeux de Rio pour 2016. Le CIO et ses arcanes, il connaissait. Olympique et paralympique unis, le mouvement sportif se met en ordre de bataille pour repartir en campagne.

Reste à convaincre l'acteur incontournable, la Ville de Paris, en emportant l'adhésion de la maire, Anne Hidalgo. Rappelons que la candidature est portée par une ville. Conjointement avec le comité olympique du pays, les deux s'engagent et signent la lettre officielle. Et, en cas de victoire, le contrat de ville hôte. En se remémorant le traumatisme laissé par la défaite contre Londres en 2005, on peut aisément admettre que l'édile parisien pèse le pour et le contre, et se montre frileuse. Elle fait comprendre qu'il faudra lui démontrer le bien-fondé du projet. Elle tient aussi à maîtriser le calendrier et entend ne rien se faire imposer par personne.

En France on aime le mille-feuille, surtout administratif. Comité olympique et comité paralympique, ville, État, région, métropole. Tout ce joli monde, en dépit d'intérêts divergents, va devoir acter un partenariat sans faille. Le Comité international olympique, le CIO, connaît trop bien notre talon d'Achille, spécifiquement français, et il va nous scruter à la loupe. Si on veut avoir une chance de l'emporter, les sportifs vont devoir mener la danse.

Les Jeux, c'est tout simplement le plus grand événement planétaire. Il faut recevoir 206 nations, plus de 15 000 athlètes olympiques et paralympiques, organiser l'équivalent de 43 championnats du monde, accueillir plus de 20 000 journalistes, vendre 13 millions de billets dans les stades et gérer 8 millions de spectateurs dans les fan-zones. En audience cumulée, 4 milliards de téléspectateurs les regardent pendant les 100 000 heures de diffusion télé. 15 millions de personnes, partout sur le territoire, suivent le parcours de la flamme olympique. Plus que sur le Tour de France. Devant ce gigantisme, nous avons une obligation d'excellence.

Mais, avant toute chose, il faut activement répondre à *la* question : des Jeux à Paris, pour quoi faire ? On peut décliner d'autres légitimes interrogations : qu'avons-nous appris des échecs passés ? Quel sens voulons-nous donner au projet ? Que peut-il apporter aux Parisiens, aux Franciliens et aux Français, amoureux du sport ou non ? Porter une candidature pour organiser un basique spectacle sportif n'aurait que peu d'intérêt. Aussi, puisque le sport clame véhiculer des valeurs, comment allons-nous en faire la démonstration ? Se posent aussi des interrogations sur la faisabilité même. Quel concept technique et comment tenir les budgets prévus ? Il est révolu le temps des dépenses publiques somptuaires et celui de la construction sous-utilisée en temps post-olympique.

Une grande étude d'opportunité est lancée en juin 2014. Après un long décryptage, la synthèse est publiée le 12 février 2015, Bernard Lapasset fait la tournée des popotes institutionnelles. Il est reçu avec bienveillance à la mairie de Paris, et on sent que le vent est en train de tourner. Le 13 avril 2015, après l'adhésion de dix-neuf conseils d'arrondissement sur vingt et le vote archi-favorable du Conseil de Paris, Anne Hidalgo donne son imprimatur.

Le ralliement sans réserve de la maire de Paris permet de propulser le premier étage de la fusée Paris 2024. Son nom, un poil pompeux : Association d'étude ambition olympique et paralympique. Son objet, résumé en moins complexe : jeter les bases du comité de candidature. Au-delà des appellations et des textes, deux personnalités font leur entrée à des postes clés.

Tony Estanguet est nommé vice-président au côté de Bernard Lapasset. Palmarès étincelant en canoë monoplace : triple champion olympique, triple champion du monde, triple champion d'Europe. Après avoir beaucoup ramé, donc, il pose sa pagaie et se met au sec dès la fin des Jeux de Londres, devenant membre du CIO. Avec Killy et Drut, notre trio français dans l'instance olympique a une sacrée gueule. Nommé coprésident de la candidature, il préside seul aujourd'hui aux destinées du comité d'organisation. Il a su s'entourer d'une équipe de directeurs et directrices béton et préserver cette passion qui forge les grandes réussites. Paris 2024 est entre de solides mains.

Étienne Thobois, lui, prend la fonction de directeur général. Olympien en badminton, il se reconvertit dans l'organisation de grands événements sportifs. Ses responsabilités aux mondiaux d'athlétisme en 2003, à la Coupe du monde de rugby en 2007 et pour Paris 2012 lui ont permis d'acquérir une solide réputation de technicien. Fort de missions d'expertise pour le CIO, il a monté sa boîte de conseil, Keneo. Succès. Étienne et moi avions été collègues pour Paris 2012 et je n'ai pas été surpris quand il m'a fait part de son envie ardente d'intégrer Paris 2024, malgré la prise de risque. Il me paraît même évident de l'encourager à nous rejoindre, tant il est assurément l'homme de la situation. Et malgré certaines réticences, il le deviendra pour beaucoup.

Pendant des mois, de mon poste au ministère de la Ville, de la Jeunesse et des Sports, je suis attentivement la lente progression du feuilleton olympique. Pourquoi de « la Ville » ? Grâce ou à cause – c'est comme on veut – du gouvernement Valls II. À l'été 2014, après une courte période d'intégration à l'IGJS (l'inspection générale) et des vacances bien méritées, je m'apprête à rejoindre, comme convenu, le cabinet de Najat Vallaud-Belkacem. Mon premier travail en tant qu'inspecteur, une mission d'appui. Le 25 août, en pleine discussion sur la rentrée prochaine, sonnerie du portable de Najat. Aux « oui » et aux « bien sûr » succède un « c'est parfait » conclusif. Quand elle se rassoit, elle n'est plus ministre des Droits des femmes, ni de la Jeunesse, ni des Sports, mais de l'Éducation nationale. Enfin, ce sera officiel le lendemain. Comme a été officielle la nomination de Patrick Kanner au ministère de la Ville, de la Jeunesse et des Sports donc, Patrick qui ? Kanner. Connais pas. Un subtil dosage d'intérêt politique a dû germer dans la tête du président pour imposer cet élu du Nord.

Cette arrivée surprise me laisse dubitatif, comme beaucoup. Le temps de son installation et pour cause de lenteur administrative, c'est à la mi-octobre 2014 que je prends finalement mes fonctions de « conseiller spécial en charge des grands événements ». Pendant les neuf mois de gestation de la candidature, jusqu'en mai-juin 2015, j'œuvre au côté de ce nouveau ministre. Et j'apprends à le connaître et à l'apprécier. Entre autres est votée, à son initiative, la loi sur les GESI, les grands événements sportifs internationaux. Elle autorise, dans le temps, certaines mesures dérogatoires, notamment fiscales. Il accompagne avec succès la Fédération française de football pour l'obtention de la Coupe du monde féminine de 2019. Aujourd'hui devenu sénateur, président du groupe socialiste, il sait pouvoir compter sur moi, à titre amical, dès qu'il en ressentira le besoin.

Juin 2015. Lettre de mission d'appui signée, j'incorpore le noyau dur de l'aventure olympique. Chaque « partie prenante » désigne un délégué pour bâtir ensemble le deuxième étage de la fusée. Je ne vais pas parler de miracle mais, quand on sait combien ces mastodontes institutionnels sont capables de s'écharper en temps normal, on doit reconnaître que l'esprit olympique produit de grands effets. Unité, consensus et intérêt supérieur sont les maîtres mots qui permettent d'accoucher de principes de fonctionnement qui vont prévaloir entre toutes les parties pendant les deux années de campagne. Et malgré parfois quelques frottements inhérents à la vie de groupe, cet état d'esprit présida jusqu'à la victoire finale.

C'est au siège du CNOSF, le 23 juin, date anniversaire de la création du CIO en 1894, que Paris révèle publiquement ses intentions. Durant une soirée un brin bordélique comme on sait aussi en produire, une flopée de grands noms du sport français – de Marie-Jo Pérec à Teddy Riner en passant par Laure Manaudou, Stéphane Diagana et tant d'autres – bousculent joyeusement la poignée de politiques présents, quelque peu paumés devant leur déferlement enthousiaste.

Le 15 septembre, date limite des dépôts, la lettre faisant vœu de candidature officielle est remise en mains propres au CIO à Lausanne. Troisième étage de la fusée le 11 décembre, avec la constitution d'un groupement d'intérêt public « Paris 2024 » qui se substitue à l'Association d'étude ambition olympique et paralympique. Deux jours plus tard, je deviens « conseiller spécial » avec le soutien de l'Élysée et la bénédiction de mon ministre, qui m'a « mis à disposition » de la nouvelle structure. Enfin, la phase de construction peut commencer.

Mais dans ce laps de temps, personne n'avait chômé. Quand on y pense, l'appellation « dossier technique » semble bien restrictive tant le concept « Paris 2024 » est ambitieux. La Ville lumière, nantie de son patrimoine exceptionnel, magnifiera la tenue des Jeux. La tour Eiffel, le Champ-de-Mars, les Champs-Élysées, l'esplanade des Invalides, le Grand Palais et la Seine se mueront en sites olympiques temporaires. Les quais se transformeront en gigantesques terrains de sport pour tous, tandis que les fan-zones du Trocadéro et du parc de la Villette vibreront au spectacle sur écrans géants. Roland-Garros, l'Accor Arena de Bercy, le stade Jean-Bouin, celui de Coubertin et le Zénith seront estampillés JO. L'Île-de-France sera aussi à la fête, avec la gym et le hockey sur gazon dans les Hauts-de-Seine, le canoë et l'aviron en Seine-et-Marne, le golf, le cyclisme sur piste et VTT dans les Yvelines, où l'Étoile royale des jardins du château de Versailles accueillera aussi l'équitation. Le football – masculin et féminin – profitera de l'héritage des stades rénovés de l'Euro 2016 partout en France, tandis que Marseille, en plus du Vélodrome, offrira aussi sa marina du Roucas-Blanc aux épreuves de voile.

Et si partout on se mettra au service des Jeux, les Jeux serviront autant que possible au développement d'un territoire. Et pas n'importe lequel : la Seine-Saint-Denis, le 93. Il a été décidé, par Anne Hidalgo en particulier, d'en faire un des hauts lieux des Jeux. Le Stade de France, site sportif et culturel emblématique, accueillera les cérémonies d'ouverture et de clôture. Et l'athlétisme, sport roi des JO. La Cité du cinéma et ses studios se mueront en un gigantesque restaurant et en salles d'entraînement pour les athlètes hébergés à proximité, dans un « Village » flambant neuf de 3 500 logements. Cet éco-quartier sera ensuite reconverti, participant à l'héritage, comme le « Village des médias », 1 300 logements sur la commune de Dugny-Le Bourget. N'a-t-on pas besoin de logements en Île-de-France ? Un centre aquatique, édifié à quelques encablures du Stade de France, sera redimensionné, ensuite, dans un souci de maîtrise des coûts. Huit piscines, neuves ou rénovées, offriront leurs bassins de cinquante mètres à une jeunesse qui en a bien besoin. Aujourd'hui, en Seine-Saint-Denis, plus d'un enfant sur deux entrant au collège ne sait pas nager. Avec neuf sites olympiques ou paralympiques, le 93 est le second poumon des Jeux.

On touche là au sens même des JO. En effet, depuis plusieurs éditions, leur image a été ternie par des dérives expansionnistes, des coûts faramineux ou des inepties immobilières. Le projet parisien se veut exemplaire de ce point de vue : 95 % du programme des compétitions se tiendra sur des sites existants ou temporaires, les 5 % restant répondant à de vrais besoins de territoires. Que du nécessaire.

Nous avons six ans pour faire en sorte que le sport imprègne notre société, de ses valeurs, de ses atouts. Et pas juste à Paris ou en Île-de-France mais partout en France. Le formidable engouement autour de la victoire de l'équipe de France de football, en juillet dernier, prouve combien nos concitoyens en ont envie. Il faut que chacun puisse s'approprier un petit bout des Jeux. Qu'on puisse les sentir, les ressentir. Le chantier qui s'ouvre est immense et passionnant. Tony Estanguet, un jour, résuma notre démarche de manière imparable : « Nous devons organiser des Jeux spectaculaires, des Jeux utiles, des Jeux responsables. » Simple et pleine de bon sens, cette formule pourrait faire figure de slogan.

Pour développer notre programme, il faut s'en assurer les moyens. Budget prévisionnel du GIP, 60 millions d'euros. La première moitié sera de l'argent public, avec 10 millions de la mairie de Paris, 10 de l'État, 10 de la région Île-de-France. L'autre moitié devra venir du privé. Grâce à l'Élysée et l'efficacité énergique de Nathalie Iannetta, bonne amie des années Canal, qui m'a succédé, nous pouvons approcher le fleuron des grandes entreprises. Petits déjeuners, déjeuners ou entretiens s'enchaînent dans les salons du Palais. Parfois, l'écoute est distante mais, le plus souvent, il y a une vraie attention de la part de nos interlocuteurs. À son tour, le jeune ministre de l'Économie, Emmanuel Macron, acquis à la cause, nous ouvre les portes de Bercy. Et la mairie de Paris n'est pas en reste. Une vingtaine de grandes sociétés françaises prendront leur part pendant les deux années que durera la campagne. À ce terme, le GIP, avec un solde positif, restituera 1 million d'euros à chacun de ses partenaires institutionnels.

Plusieurs autres ministères adhèrent. Sous les auspices de Najat Vallaud-Belkacem, la «Semaine de l'olympisme à l'école» est suivie par plus de deux millions d'enfants. Petit plaisir égocentré quand je dois dérouler notre concept et me muer en « professeur d'olympisme » devant tous les recteurs attentifs. Dès la rentrée 2018, le nouveau ministre Blanquer n'hésite pas à reconduire le dispositif. Le jour du lancement national en janvier, il mouille même le costume en se lançant hardiment dans un exercice hasardeux mais presque réussi aux barres parallèles. Ouf, on a eu chaud.

Laurent Fabius, ministre des Affaires étrangères, est un des plus actifs supports de notre cause:

nomination d'un ambassadeur du sport, préconisations à toutes nos ambassades, présentation du projet aux personnels en charge de la culture, et j'en passe.

L'exécutif fait un sans-faute jusqu'au bout du mandat. Manuel Valls confirme l'engagement de l'État à hauteur de 1 milliard d'euros. Le président Hollande, en déplacement aux Jeux de Rio, confirme toute l'attention que la France portera en matière de sécurité des spectateurs et des délégations, sujet brûlant après le drame du 14 juillet à Nice. Dans la première conférence de presse internationale autorisée par le CIO, il rappelle que durant l'Euro 2016 les stades et les fanzones n'ont subi aucun incident majeur.

Décembre 2015, bouleversement notable dans la vie de Paris 2024, avec l'arrivée des équipes de Valérie Pécresse, nouvellement élue à la tête de la région Île-de-France. Au passage, sincères remerciements à Jean-Paul Huchon, indéfectible soutien. S'il y eut quelques semaines de flottement suite à une campagne ardue, la nouvelle présidente s'implique ensuite pleinement. La meilleure preuve en est la nomination à ses côtés de Jean-François Lamour, qui maîtrise parfaitement ce dossier, eu égard à ses anciennes responsabilités.

Partis de rien ou de si peu, nous sommes devenus, au fil des mois, une équipe. Un peu comme au foot, avec les stars qui performent, les cadres qui tiennent la boutique et les porteurs d'eau qui travaillent inlassablement dans l'ombre. Dans cette histoire, tout le monde se tient par la barbichette. Sans la force de l'un ou les compétences de l'autre, sans le savoir de l'un ou la légitimité de l'autre, sans la créativité de l'un ou les moyens de l'autre, Paris 2024 n'existerait pas aujourd'hui. À cet instant, je pense aux cinquante permanents du GIP, pas souvent sur la photo, mais qui conçurent et portèrent notre ambition avec une passion sans limites.

Il y eut de ces grands moments rassembleurs qui vous enracinent une réussite. D'abord le lancement officiel de Paris 2024, en février 2015 à la Philharmonie. Devant un parterre de hautes autorités, politiques et sportives, et de plus de mille gosses du 93, Tony Estanguet y exécuta un numéro de haute voltige. Son discours, digne d'une performance, l'imposa définitivement dans un statut de leader avec l'assentiment général.

Un an plus tard, un grand raout au Café de l'Homme au Trocadéro célébra l'ouverture de la campagne internationale. Le «*Made for sharing*», sigle qui résumait notre vision, fut projeté sur la tour Eiffel quelques minutes avant sa version française «Venez partager». S'ensuivit une polémique d'arrière-garde où, de Bernard Pivot en passant par l'Académie française, on s'offusqua de cette marque affichée en anglais. Il nous fallait juste «parler» à la congrégation du CIO dont plus de 70 % est anglophone. Et le bien était fait, notre message atteignant ses visées internationales.

Cannes 2017 fut un moment de prestige sans précédent. Thierry Frémeau et Pierre Lescure mirent les gros moyens pour assurer notre promotion. Et la montée des marches de notre belle équipe, tout endimanchée, rappela le lien fort qui unit Jeux olympiques et culture.

Comme un marathonien qui part en sprint et fait la course en tête, nous avons largué un à un nos concurrents. Boston avait vite abandonné pour laisser sa place à Los Angeles, Hambourg avait été emporté par un référendum mal maîtrisé, la maire de Rome avait stoppé les frais quelques semaines après son élection, et Budapest, redoutant le verdict calamiteux d'un référendum à venir, avait préféré renoncer. Restait donc l'ogre Los Angeles, L.A. Même pas peur ! Immédiatement, ils s'étaient approprié le soleil avec leur slogan « *Follow the sun* ». Faut pas pousser quand même ! Évidemment, ils déployèrent des arguments bien plus solides et le marquage à la culotte fut rude jusqu'au 11 juillet 2017.

Invitées à Lausanne, pour s'exprimer devant le CIO, les deux candidatures vont enfin pouvoir se départager. Notre délégation, sportifs et politiques, peut compter sur le renfort enthousiaste du nouveau président de la République, Emmanuel Macron. Le président a déjà produit un bel effet début mai en recevant, dès 8 heures du matin, la commission d'évaluation du CIO, pour un petit déjeuner de travail, fort apprécié de l'instance. Alors que le congrès démarre, le principe de la double attribution pour 2024 et 2028 est officialisé. Cette option, inédite en matière olympique, flotte dans l'air depuis quelque temps et avec deux candidatures aussi fortes, on ne voulait pas produire de perdant. Mais pour Paris, pas d'alternative, ce ne peut être que 2024. Et les

Américains ne semblent pas disposés à accepter d'attendre quatre ans de plus. Il y aura donc compétition et le « grand oral » sera déterminant. Réunis dans une vaste salle, nous ressentons la puissance de l'enjeu. Nos orateurs champions, Drut, Flessel, Estanguet, Ourahmoune, retrouvent les effluves de la pression, ces courts instants qui vous assaillent avant d'entrer en piste. Déjà concentrés aussi, Anne Hidalgo, Bernard Lapasset et Denis Masseglia. On pourrait se croire dans la chambre d'appel à quelques minutes de la finale du 100 mètres. Trouvant sûrement l'atmosphère un peu trop pesante, Macron n'hésite pas à se muer en chef de meute et, façon coach de rugby, galvanise notre petite troupe de ses encouragements.

La présentation de Paris est somptueuse. Les nôtres sont tour à tour sérieux, enthousiastes, précis, lyriques, techniques. Et, pour finir, le président porte l'estocade avec une aisance pleine de détermination. Au sortir de ce grand oral, le doute n'est plus permis. Paris est devant. Largement. Les Américains l'admettent et l'option 2028 s'impose pour eux comme une belle opportunité. Les choses s'organisent tranquillement sous l'œil bienveillant du CIO.

Lima, 13 septembre, 19 h 49. « J'ai le grand honneur d'annoncer que le Comité international olympique a simultanément élu la ville des Jeux de la XXXIIIe Olympiade, et celle des Jeux de la XXXIVe Olympiade. Ce sera donc Paris en 2024 et Los Angeles en 2028 », annonce le président du CIO. La délégation française peut enfin laisser exploser sa joie. Cent ans après les Jeux de 1924, la capitale française a remporté son pari : accueillir le plus grand événement planétaire. Tony Estanguet et Anne Hidalgo brandissent comme un trophée le panneau marqué « Paris ».

Et ce ne sont pas les vaines polémiques, bien françaises, qui vont gâcher notre plaisir. Alors que la victoire est immense, certains pointent bassement le coût du déplacement de la délégation à Lima. Ceux-là ont-ils une recette miracle pour récupérer les arrhes versées depuis plus de six mois aux hôteliers péruviens ? Ou pour annuler les invitations à nos fidèles partenaires qui ont soutenu notre combat ? Des rumeurs, injustifiées, circulent à propos des salaires supposés des futurs dirigeants. Le comité des rémunérations, prévu dans les statuts, met, sereinement et en toute transparence, un terme à ces allégations déplacées.

À l'heure de la décision du CIO au Pérou, je suis à Paris où j'ai souhaité rester pour tenir la boutique, et finalement assurer la tournée des rédactions des chaînes info. La cérémonie parisienne organisée sur l'esplanade du Trocadéro emportée par la tempête tourne au show aquatique. Sous des trombes d'eau, devant cent photographes trempés jusqu'aux os, je réussis, tant bien que mal, à arracher la toile pour dévoiler les anneaux olympiques, symbole de notre victoire. Pour la première fois de ma vie, j'ai le privilège de faire la une du journal *Le Monde*, en photo. Pris de loin, minuscule et de dos dans une nuit d'encre, même ma mère ne m'aurait pas reconnu.

Avec la désignation de Paris s'ouvre devant moi un nouveau chemin, un nouvel engagement. Une nouvelle vie ? Et pourquoi pas ? Assurément ! Une de plus !

Épilogue

J'aurais pu, j'aurais dû parler de Martin, de Virginie, de Katia, de Coco, de Péri, de Marc, de Christine, de Henri, de Telsche, de Carlos, de Sarah, de Serge, de mamie, de Caroline, de Thierry, d'Akim, de Pierre et d'Eugénie, de Roger, de Seillé. J'aurais pu raconter ces envolées, ces amitiés qui composent, chacune, une pièce du grand puzzle. Une autre fois peut-être… Non, sûrement pas !

Depuis mes treize ans et la fameuse phrase de mon père sur ce chemin de Lagny : « Un jour, tu seras champion olympique de judo », les Jeux n'ont cessé de m'accompagner. J'y ai participé à quatorze reprises sous une forme ou sous une autre. Tour à tour mon école, mon université, mon entreprise, mes voyages et mes émotions, je leur dois ce que je suis. Ce bout de métal doré m'a, très jeune, inspiré et motivé. Une fois conquis, il m'a propulsé et m'a fait sauter de monde en monde. Sport, comédie, télé, radio, politique. Même au cinéma j'ai tenu le rôle de Pierre de Coubertin, c'est dire. Ces vies, riches et excitantes, je les ai croquées pour assouvir… je ne sais pas quoi. Oui, je n'en sais strictement rien. Juste peut-être une envie ou un besoin d'exister et de me sentir animé. Aimé ? Quoi qu'il en soit, je suis plein de ces frissons, de ces émotions, de ces séquences uniques. Et je mesure la chance d'avoir pu me retrouver là. En finale des Jeux, dans les plaisirs de la nuit, en face d'un monstre sacré du cinéma, en rendez-vous avec le président de la République, ou au commentaire des exploits sportifs. Et d'avoir pu grandir grâce à mes proches, famille, amis et amours.

Maintenant s'ouvre le grand chantier de l'organisation des Jeux olympiques et paralympiques, et je vais y tenir toute ma place. Nous avons six années pour magnifier ce projet et offrir les plus beaux Jeux de l'histoire. Notre comité s'attelle déjà à relever cette ambition. En juin 2024, j'aurai soixante-cinq ans. J'aime bien l'idée qu'après sera venu le temps pour moi de « partir à la pêche ». Mais attention quand même, car je viens de me mettre au *fa* barré, je commence à sérieusement gratouiller la guitare. Personne n'est à l'abri de ma prometteuse carrière de rocker. Tiens, il faut peut-être que je pense à réserver les dates de mon premier concert en 2025… à L'Olympia.

Remerciements à Émilie Pointereau

Table

Cet ouvrage a été composé
par Maury à Malesherbes
et achevé d'imprimer en France
par CPI
pour le compte des Éditions Stock
21, rue du Montparnasse, 75006 Paris
en octobre 2018

PAPIER À BASE DE FIBRES CERTIFIÉES

Stock s'engage pour l'environnement en réduisant l'empreinte carbone de ses livres. Celle de cet exemplaire est de :
550 g éq. CO_2
Rendez-vous sur www.editions-stock-durable.fr

Imprimé en France

Dépôt légal : novembre 2018
N° d'édition : 01 - N° d'impression : 3031167
57-07-6908/1